K.

Collection « Pulsations »
dirigée par Jean-Pierre Orban

Les éditeurs remercient Elisabeth Monteiro Rodrigues
de les avoir mis sur la piste de *K.*
Ils remercient également Gilles Rozier pour sa contribution à la mise au point des passages
en yiddish et dans l'établissement du glossaire en fin d'ouvrage.

La traduction de cet ouvrage a bénéficié du soutien du Centre national du livre.

Édition : Jutta Hepke & Gilles Colleu
Correction : Anne Dellenbach-Pesqué

ISBN : 978-2-36413-067-8

info@ventsdailleurs.com
www.ventsdailleurs.com

Bernardo Kucinski

K.

Traduit du portugais (Brésil)
par Antoine Chareyre

Vents d'ailleurs

Pour ses amies, qui l'ont perdue.
Soudain.
Un univers d'affections s'est défait.

Je vous raconte ce que je sais et que vous ne savez pas ; mais je veux surtout raconter ce dont je ne sais si je le sais, et qu'il se peut que vous sachiez.

Guimarães Rosa, *Diadorim*

Ce n'est pas la douleur de ne plus pouvoir croire
Qui m'opprime, ni celle de ne pas savoir,
Mais seulement [et plus] complètement l'horreur
D'avoir vu le mystère face à face,
De l'avoir vu et compris dans toute
Son infinité de mystère

Fernando Pessoa, « Le mystère du monde »

J'allume cette histoire
et moi-même je m'éteins.
Au terme de ces écrits, je serai
à nouveau une ombre sans voix.

Mia Couto, *Terre somnambule*

Tout est invention dans ce livre, mais presque tout est arrivé.

Les lettres à la destinataire inexistante

De temps à autre, la poste dépose à mon ancienne adresse une lettre de quelque banque dont elle est la destinataire ; toujours l'offre séduisante d'un produit ou d'un service financier. La dernière présentait une nouvelle carte de crédit, acceptée sur tous les continents, idéale pour réserver une chambre d'hôtel et des billets d'avion ; tout ce qu'elle mériterait aujourd'hui, si sa vie n'avait été interrompue. Il suffit de signer et de retourner l'enveloppe préaffranchie, comme disait cette dernière lettre.

Je suis toujours ému à la vue de son nom sur l'enveloppe. Et je m'interroge : comment est-il possible d'envoyer des lettres de manière répétée à quelqu'un qui n'existe plus depuis plus de trois décennies ? Je sais qu'il n'y a là aucune mauvaise foi. La poste et la banque ignorent que la destinataire n'existe plus ; l'expéditeur ne se dissimule pas, au contraire, il s'affiche orgueilleusement sur un logo ostentatoire. Il est la synthèse du système, la banque, de la solidité figée en marbre ; la banque qui ne commerce pas avec des visages et des personnes, mais avec des listes informatiques.

La destinataire n'acceptera jamais l'offre, même s'il n'y a pas de prélèvement annuel, même si l'on peut accumuler des points de fidélité et utiliser les salons VIP dans les aéroports, tout ce qu'elle pourrait avoir mais n'aura pas, tout ce qu'il n'y avait pratiquement pas quand elle existait et qui, maintenant qu'elle n'existe plus, lui est offert ; inventaire des pertes d'une vie perdue.

C'est comme si les lettres avaient l'occulte intention d'empêcher que sa mémoire dans notre mémoire repose ; comme si, après que nous a été refusée la thérapie du deuil en supprimant son corps mort, le facteur était un dybbouk, son âme intranquille, venue nous montrer nos fautes et nos omissions. Comme si, en plus de la mort non nécessaire, on voulait détruire la vie nécessaire, qui ne connaît pas de fin, elle, et que nous réclament nos enfants et petits-enfants.

Pourquoi mon ancienne adresse ? J'ai imaginé qu'en un de ces moments incertains de fuite et de dissimulation, de coins de rue franchis en hâte, elle avait pu donner mon adresse à la banque pour ne pas avoir à en donner d'autres, authentiques mais interdites ; j'ai imaginé à quelle étape de la tragédie en gestation cela avait pu se produire, quelle autre adresse elle pouvait posséder alors, ou quelles autres adresses au pluriel, car, comme je le découvris plus tard, elle en avait beaucoup, croyant de la sorte tromper le destin.

De fait, ce n'était pas de doux foyers, des endroits où élever ses enfants et recevoir ses amis ; c'était des antidemeures, des catacombes où se terrer pendant des mois, comme les chrétiens à Rome, ou seulement quelques semaines ou quelques jours, jusqu'à ce que quelqu'un tombe et que reprenne la cavale, la recherche frénétique d'une nouvelle planque.

Voilà pourquoi elle aurait fourni non pas l'adresse de sa catacombe du moment, mais celle de la maison où ma femme, mes enfants et moi avons vécu trente-trois années durant ; où vit aujourd'hui mon fils aîné avec mon petit-fils, où j'ai mon bureau, où ma femme a son potager et son atelier, et où mon petit-fils a ses deux chiens et ses jouets.

Alors seulement je me suis rendu compte que si j'avais vendu cette maison, comme j'en ai eu si souvent l'idée, j'aurais perdu les références de la moitié de ma vie. Alors seulement j'ai compris mon fils aîné qui disait non, il ne faudra jamais vendre cette maison. Pour lui, cette maison est le lieu de la totalité de ses souvenirs.

Mais ce n'est pas ce qui s'est produit. Cette maison, elle ne l'a jamais connue. J'ai fait le compte et j'ai découvert que trois années s'étaient écoulées depuis sa disparition, lorsque nous avons acheté cette maison croulante de vieux immigrants portugais. Non, elle n'a jamais connu notre maison. Elle n'a jamais gravi les escaliers raides du jardin de devant. Elle n'a jamais connu mes enfants. Elle n'a jamais pu être la tante de ses neveux. J'ai toujours déploré particulièrement cette conséquence de tout ce qui est arrivé.

Puisqu'elle ne possédait pas cette adresse, qui donc l'a fournie au système ? Mystère. Comment son nom s'est-il collé à mon adresse, dans cette nébuleuse d'Internet où rien ne s'efface ? Le plus probable est que j'aie moi-même associé le nom à l'adresse. Est-ce lorsque j'ai sollicité la déclaration de disparition ? Est-ce lorsque j'ai demandé à l'avocat de régler la succession ? Est-ce lorsque j'ai exigé de l'université la révocation de l'acte ignoble qui l'excluait pour abandon de poste ? Je ne saurai jamais quand cela s'est produit. Je sais que les lettres à la destinataire absente continueront à arriver.

Le facteur ne saura jamais que la destinataire n'existe plus ; qu'elle a été enlevée, torturée et assassinée par la dictature militaire. L'ignoreront de même, avant lui, l'opérateur de triage et tout son entourage. Le nom sur l'enveloppe timbrée et oblitérée, comme pour attester son authenticité, sera l'enregistrement typographique non pas d'une erreur ou d'une défaillance informatique, mais bien d'une maladie d'Alzheimer nationale. Oui, la permanence de son nom sur la liste des vivants sera, paradoxalement, le produit de l'oubli collectif de la liste des morts.

São Paulo, 31 décembre 2010.

Le gouffre du système

La tragédie progressait déjà inexorablement lorsque, ce dimanche matin, K. ressentit pour la première fois cette angoisse qui devait bientôt s'emparer tout à fait de lui. Cela faisait dix jours que sa fille ne lui avait pas téléphoné. Plus tard, il mettrait en cause l'absence des rites familiaux, encore plus nécessaires dans les temps difficiles, le coup de téléphone une fois par jour, le repas du dimanche. Sa fille ne s'entendait pas bien avec sa seconde femme.

Et comment pouvait-il ne pas avoir perçu le tumulte des temps nouveaux, lui, si calé en politique ? Cela aurait peut-être été différent si, davantage qu'à ses amis qui écrivaient le yiddish, cette langue morte que seuls quelques anciens parlent encore, il avait prêté attention à ce qui se passait dans le pays à ce moment-là ? Qui sait ? À quoi sert le yiddish ? À rien. Une langue-cadavre, oui, sur laquelle ils pleuraient lors de ces réunions hebdomadaires, au lieu de se soucier des vivants.

Il associait le dimanche à sa fille depuis l'époque où il lui rapportait des cadeaux du marché. Soudain, il se rappela les bruits de la veille au Bom Retiro ; deux étudiants en médecine juifs avaient semble-t-il disparu, dont l'un, disait-on, était de famille riche. Une histoire de politique, avait-on dit, de la dictature, cela n'avait rien à voir avec l'antisémitisme. D'autres avaient disparu également, des non-Juifs, c'est pourquoi la Fédération avait décidé de ne pas s'en mêler. C'était la rumeur, ça n'était peut-être même pas vrai ; car on ne disait pas qui étaient les jeunes hommes.

C'est ce bruit qui le rendit inquiet, et non le dimanche. Il passa toute la journée à composer un numéro de téléphone que sa fille lui avait donné en cas d'urgence, mais la sonnerie résonnait dans la solitude. Sans réponse, pas même à une heure du matin, lorsqu'elle aurait dû être de retour même si elle était allée au cinéma, ce qu'elle aimait tellement faire, il décida d'aller la chercher le lendemain à l'université.

Cette nuit-là il rêva de lui enfant, les Cosaques envahissant la cordonnerie de son père pour qu'il leur recouse leurs jambières. Il se réveilla tôt, terrifié. Les Cosaques, se rappela-t-il, étaient arrivés justement à Tisha Beav, le jour de toutes les calamités du peuple juif, le jour de la destruction du premier temple et du second, et aussi celui de l'expulsion d'Espagne.

Sans savoir que craindre, mais craignant déjà, et sans réveiller sa femme, il sortit l'Austin du garage et prit la direction du campus universitaire, au loin sur la plaine, de l'autre côté de l'enchevêtrement de gratte-ciel. Il conduisait lentement, s'attardant dans la traversée du centre, comme s'il voulait ne jamais arriver ; ses sentiments alternant entre la certitude de la trouver normalement au travail et la peur du contraire. Il parvint enfin au Conjunto das Químicas, où il n'avait été qu'une fois, des années auparavant, quand sa fille avait soutenu son doctorat devant un groupe de professeurs aux visages sévères, dont certains avaient encore été formés en Allemagne.

Elle n'est pas venue aujourd'hui, lui dirent ses amies. Hésitantes, elles se jetaient des regards obliques. Puis, comme si elles craignaient l'indiscrétion des murs, elles attirèrent K. dans le jardin pour discuter. Elles lui révélèrent alors que cela faisait onze jours qu'elle n'était apparue. Oui, sans aucun doute, onze jours, en comptant un week-end. Elle qui avait toujours assuré tous ses cours. Elles parlaient en murmurant, sans finir leurs phrases, comme si chaque mot en cachait mille autres, au sens interdit.

Insatisfait, agité, K. voulait entendre d'autres personnes – les supérieurs de sa fille avaient peut-être une information ? Si elle avait eu un accident et qu'on l'avait hospitalisée, on aurait assurément contacté l'université. Ses amies s'alarmèrent. Ne faites pas ça. Pas pour le moment. Pour l'en dissuader, elles atténuèrent leur propos, peut-être qu'elle était partie en voyage, qu'elle s'était éloignée quelques jours par précaution. Des inconnus sont passés poser des questions sur elle, vous savez ? Il y a des gens bizarres sur le campus. Ils notent les plaques des voitures. Ils sont de la présidence de l'université. « Ils » qui ? Elles ne surent pas répondre.

Persuadé qu'il ne devait pas aller voir les autorités universitaires, K. roula, à l'agonie, depuis le campus, jusqu'à un numéro de la rue Padre Chico, que sa fille lui avait donné il y avait bien longtemps, lui recommandant de ne venir la voir à cette adresse que s'il arrivait quelque chose de très grave et qu'elle ne répondait pas au téléphone. Incroyable qu'il n'ait pas posé de question là-dessus, ne passer que si c'était grave, ne téléphoner que si c'était urgent. Où avait-il donc la tête, bon sang ?

C'était une petite maison sur deux niveaux, donnant directement sur la rue, coincée au milieu d'une dizaine d'autres du même type. Sur le seuil de la porte, brochures et journaux poussiéreux accusaient l'absence prolongée des occupants. Personne ne répondit à ses coups de sonnette interrogateurs.

Bien, la tragédie était en place. Que faire ? Ses deux fils, loin, à l'étranger. Sa seconde femme, un être inutile. Les amies de l'université en pleine panique. Le vieil homme se sentit abattu. Le corps faible, vide, comme s'il allait s'effondrer. L'esprit frappé de stupeur. Plus rien n'avait de sens tout à coup. Un seul fait s'imposait, annulant tout ce qui ne s'y rapportait pas ; rendant tout le reste obsolète. Un fait concret : sa fille chérie avait disparu depuis onze jours, peut-être davantage. Il se sentit vraiment seul.

Il passa alors en revue les différentes hypothèses. Peut-être un accident, ou une maladie grave qu'elle n'avait pas voulu révéler. La pire des suppositions était son arrestation par les services secrets. L'État n'a ni visage ni sentiments, il est opaque et pervers. Il n'a comme lucarne que la corruption. Mais, parfois, celle-ci se ferme également, pour des raisons d'ordre supérieur. Et, alors, l'État fait preuve d'une double malignité, par sa cruauté et parce qu'il demeure inaccessible.

K. se remémora des scènes récentes, la nervosité de sa fille, ses subterfuges, cette façon d'arriver en courant et de repartir en courant, l'adresse en dernier ressort et avec la recommandation de ne la communiquer à personne. Abasourdi, il se rendit compte de l'énormité de l'illusion dans laquelle il avait vécu, trompé par sa propre fille, engagée peut-être dans les plus dangereuses aventures sans qu'il s'en soit douté, distrait qu'il était par sa dévotion pour le yiddish, par la séduction facile des réunions littéraires.

Ah, et l'erreur d'avoir épousé cette Juive allemande seulement parce qu'elle savait cuisiner les patates ! Maudits soient ses amis qui l'avaient convaincu de se remarier. Maudits soient-ils, tous. Lui qui ne blasphémait jamais, qui acceptait avec tolérance les gens comme ils étaient, se vit hors de lui, en train de jurer. Il pressentit le pire.

Au téléphone, son ami écrivain, également avocat, lui recommanda de déposer une plainte au commissariat des disparus, tout en avertissant que cela n'avancerait à rien, mais c'était pour un père une obligation formelle. Il lui dicta l'adresse, dans la rue Brigadeiro Tobias, siège central de la police. K. demanda s'il avait entendu parler de la disparition de deux étudiants en médecine juifs. Oui. C'était vrai. Il avait déjà été sollicité par l'une des familles. Et qu'allait-il faire ? Rien. Dans les cas d'arrestation pour motifs politiques, les tribunaux n'avaient pas le droit d'accepter les demandes d'*habeas corpus*. Un avocat ne pouvait rien faire. Rien. Telle était la situation.

À la police on posa peu de questions au vieil homme. La plupart des disparus étaient des adolescents qui fuyaient des parents ivrognes et des parâtres à la main leste. K. expliqua que sa fille était professeure à l'université, avec le grade de docteure, qu'elle était indépendante et qu'elle vivait seule. Elle possédait sa propre voiture. Ne s'agissait-il pas d'une affaire politique ?

Il ne voulut pas se confier au commissaire, il insinua seulement. Il ne lui donna pas non plus l'adresse de la rue Padre Chico, il donna la sienne comme étant son adresse à elle et celle de la boutique comme si c'était la sienne. Sans s'en rendre compte, K. retrouvait les habitudes endormies de sa jeunesse conspiratrice en Pologne. Le commissaire de service n'apprécia guère la discussion. Dans les cas politiques, il était interdit de s'en mêler. Mais, compatissant, il enregistra la plainte. Qu'il patiente et ne lui parle plus de politique.

Lancer des recherches ? Non, la police avait autre chose à faire ; une femme professeure à l'université, la trentaine passée, adulte et vaccinée. Qu'il patiente, une circulaire avec sa photographie allait arriver dans tous les commissariats. Si on ne l'informait pas sous cinq jours, il pourrait essayer l'institut médico-légal, où l'on envoyait les corps non identifiés de victimes de la circulation et d'autres accidents. Le commissaire dit cela d'un air embarrassé.

Ainsi débutèrent les tribulations du vieux père, chaque jour plus affligé, davantage marqué par un mauvais sommeil. Au vingtième jour, après une nouvelle incursion inutile sur le campus et à la maison de la rue Padre Chico, il s'en remit à ses amis du cercle littéraire ; ceux-là mêmes que, hors de lui, il avait maudits. Peut-être connaissaient-ils quelqu'un qui connaîtrait quelqu'un d'autre, dans la police, dans l'armée, au SNI, où que ce soit à l'intérieur de ce système qui engloutissait les gens sans laisser de traces. À l'exception de l'avocat, ce n'était que de pauvres diables qui ne connaissaient personne d'important. L'avocat mentionna vaguement un représentant de la communauté de Rio qui avait accès aux généraux. Il tenterait d'en savoir plus.

K. se mit à comptabiliser la durée de l'absence de sa fille, autre précepte de l'époque de sa jeunesse. Et pas un jour ne passait sans qu'il tente quelque chose pour elle. Il ne faisait plus que cela. Pour dormir, il commença à prendre des somnifères. Lorsque le vingt-cinquième jour arriva, il rassembla tout son courage et se rendit à l'institut médico-légal.

Il parla de l'absence inexplicable de sa fille, sans faire aucune mention à la politique. Il montra la photo de sa remise de diplôme, solennelle. Puis il en montra une autre, différente, où elle était maigre, le regard plein de souffrance. Non, les fonctionnaires n'associaient ce visage à aucun des récents cadavres de femme, peu nombreux, toutes des noires ou des métisses. Presque toutes des indigentes. Pour dire la vérité, cela devait faire plus d'un an que n'était arrivé ici un corps non identifié de femme blanche. K. sortit de l'IML soulagé ; l'espoir demeurait de la retrouver vivante. Mais les photographies de l'album des indigents et des inconnus le mirent dans un état de profonde dépression. Pas même à l'époque de la guerre en Pologne il n'avait fait face à des visages aussi maltraités et des yeux aussi écarquillés par la peur.

C'est alors que, tel un maniaque, il se mit à aborder les clients qui venaient payer leur facture à la boutique, ses voisins sur l'avenue et même les inconnus. À tous, il racontait l'histoire de sa fille. Et sa Coccinelle a aussi disparu – soulignait-il avec emphase. La plupart écoutaient jusqu'à la fin, en silence, puis lui donnaient éventuellement une petite tape dans le dos, courbé, et disaient : Je suis vraiment désolé. Quelques-uns l'interrompaient dès le début, alléguant un rendez-vous chez le médecin, ou quelque prétexte semblable – comme si écouter les eût déjà mis en danger.

Au trentième jour de la disparition de sa fille, K. lut dans le journal *O Estado de S. Paulo* une information qui faisait référence, quoique de manière discrète, aux disparus politiques. L'archevêque avait convoqué une réunion avec des « parents de disparus politiques ».

C'était écrit exactement ainsi : « parents de disparus politiques ».

K. n'était jamais entré dans un édifice catholique, tant il trouvait étranges la pénombre silencieuse des églises et les images de saints, qu'il entrevoyait par l'entrebâillement des portes. Il ressentait à l'égard du catholicisme une répulsion atavique, à quoi s'ajoutait un mépris de toutes les pratiques religieuses, y compris celles de son propre peuple. En vérité, ce n'était pas les individus et leurs croyances qu'il n'aimait pas, c'était les ministres du culte, qu'ils soient prêtres, rabbins ou évêques ; il les tenait pour hypocrites. Mais, ce soir-là, rien de tout cela n'importait. Une autorité importante, un archevêque, allait parler des étranges disparitions.

En entrant dans la grande salle centrale de l'archevêché, K. sentit combien la disparition de sa fille l'avait déjà changé. C'est avec une certaine sympathie qu'il contempla l'image baroque de la Vierge Marie dans le vestibule et celles de saints qu'il ne connaissait pas, placées dans les coins. Lorsqu'il arriva, la réunion avait déjà commencé. Il y avait soixante personnes ou plus, sur les chaises disposées en un bien plus grand nombre dans la salle. Quatre hommes graves qui semblaient être des avocats coordonnaient la rencontre, assis en demi-cercle devant le public ; une religieuse écrivait dans un grand cahier.

Une dame parlait, d'un âge fort avancé, peut-être quatre-vingt-dix ans passés, fluette, menue, lunettes à la pointe du nez et cheveux blancs ; son mari rentrait d'exil par Uruguaiana, il avait atteint un point de rencontre convenu à l'avance, de ce côté-ci de la frontière, et avait disparu purement et simplement, sans laisser de traces, comme s'il s'était évaporé ou si des anges l'avaient emporté au ciel. L'un de ses fils avait essayé de suivre ses pas, s'était rendu dans tous les hôpitaux, les commissariats, les gares routières d'Uruguaiana et rien, aucun signe. Le fils, à côté, confirmait le récit.

Ensuite parla une autre dame, sur ses cinquante ans, qui se présenta comme l'épouse d'un ancien député fédéral. Deux policiers s'étaient présentés chez elle, demandant que son mari les suive au poste pour apporter certains éclaircissements. Il s'y était rendu tranquillement car, même si son mandat de député avait été cassé par les militaires, il menait une vie normale, avait un cabinet d'avocat. Depuis lors, il y avait huit mois de cela, on ne l'avait plus revu. Au commissariat, ils avaient dit qu'il n'était resté que quinze minutes avant d'être libéré. Mais comment ? Comment pouvait-il avoir ainsi disparu, purement et simplement ? Cette dame, fort élégante, était accompagnée de quatre enfants.

D'autres récits de disparitions ; tous voulaient parler. Et voulaient écouter. Voulaient comprendre. Peut-être, de l'ensemble de cas distincts, devait-il se dégager une explication, une logique, surtout une solution, une manière de mettre fin au cauchemar. Une jeune fille de vingt ans tout au plus demanda la parole au nom d'un groupe qui était assis autour d'elle, parents des disparus de l'Araguaia, dit-elle. K., pour la première fois, entendait quelqu'un parler de l'Araguaia ; il apprit que de nombreux jeunes hommes et même quelques filles avaient été arrêtés par les forces armées en pleine forêt amazonienne et exécutés sur place.

Ce que ce groupe apportait à la réunion était assez insolite. L'armée alléguait que rien de tout cela n'était arrivé, même si l'un des prisonniers, seulement un, s'était échappé et avait tout raconté. Les familles voulaient enterrer leurs morts – elles savaient déjà qu'ils étaient morts, plus de cinquante, disait-on. Elles savaient même la région plus ou moins exacte où ils avaient été exécutés, mais les militaires répétaient qu'il n'y avait aucun corps à remettre.

Un jeune homme avait rejoint son épouse au Conjunto Nacional pour déjeuner avec elle dans le centre commercial, et ni l'un ni l'autre n'avait plus jamais été aperçu. À mesure qu'elle parlait, la mère du jeune homme montrait à ses voisins de rangée les photos de son fils, de sa belle-fille et de son petit-fils. Un homme se leva, dit qu'il était venu de Goiânia spécialement pour la réunion. Ses deux fils, l'un de vingt ans et l'autre de seize ans seulement, on les avait disparus. Cet homme bredouillait, semblait dans un état catatonique. Il fut le premier à employer l'expression « on les a disparus ». Il avait lui aussi apporté des photos de ses fils. Après lui, K. se donna du courage et raconta son histoire.

La nuit était déjà tombée et les récits se poursuivaient. Les décors changeaient, les détails, les circonstances, mais les vingt-deux cas recensés lors de cette réunion présentaient tous une caractéristique commune, terrifiante : les gens disparaissaient sans laisser de traces. C'était comme s'ils s'étaient volatilisés. Même chose avec les jeunes de l'Araguaia, quoique ceux-là, on savait déjà qu'ils étaient morts. La religieuse prenait chaque cas en notes. Elle recueillait également les photos apportées par les parents.

K. écoutait tout, frappé d'épouvante. Même les nazis, qui réduisaient leurs victimes en cendres, enregistraient leurs morts. Chacun avait un numéro, tatoué sur le bras. À chaque mise à mort, ils en tenaient le registre dans un livre. Il est vrai qu'aux premiers jours de l'invasion il y eut des massacres et après aussi. Ils alignaient tous les Juifs d'un village le long d'une fosse, les fusillaient, jetaient de la chaux par-dessus, de la terre et voilà tout. Mais les goyim de chaque localité savaient que leurs Juifs étaient enterrés dans tel trou, ils savaient combien il y en avait et qui était chacun d'eux. Il n'y avait pas cette agonie de l'incertitude. C'était des exécutions en masse, ce n'était pas un gouffre.

Le point de rencontre est tombé

Dehors la vie continue, inchangée : les femmes vont faire leurs courses, les ouvriers travaillent, les enfants jouent, les mendiants supplient, les amoureux sont amoureux. À l'intérieur, dans le petit deux pièces, le couple laisse s'installer en lui la panique. Leurs mains tremblent, à présent incertaines. Le dialogue est empreint de frayeur, leurs yeux évitent de se regarder. Ils transpirent, exhalant le malheur. Que le point de rencontre soit tombé ce matin ne peut s'expliquer que par la délation. Il y a un informateur parmi eux, un traître ou un agent infiltré, quelqu'un qui est très proche d'eux, parmi les rares qui sont restés.

Deux heures seulement se sont écoulées ; les instructions sont claires et péremptoires. Si le point de rencontre tombe, considérer la pire des hypothèses, le compagnon ne va pas résister à la torture et va livrer quelque information. Le temps et le calme manquent pour faire l'inventaire précis de ce que l'autre savait ou ne savait pas. En pareil cas, disent aussi les instructions, adopter la pire des hypothèses – l'autre savait tout.

Heureusement, il avait été doublement prévenu. Ou est-ce qu'il avait déjà des doutes ? Il s'était posté une heure avant dans une zone reculée, à quelque distance de la place, d'où il pouvait observer sans être observé. Et il avait vu les agents en civil arriver l'un après l'autre, se positionner aux quatre coins, au milieu, dans les rues latérales. Au moins dix d'entre eux.

Ensuite, il vit le contact s'approcher, tête baissée, d'un pas oblique, le corps inquiet, il le vit s'asseoir sur le banc convenu à l'avance et entamer les cinq minutes d'attente, jamais plus de cinq minutes, comme l'ordonnent les normes de sécurité.

Lui-même n'attendit pas les cinq minutes. Ce qu'il avait vu lui suffit. Une souricière. Tout indiquait que la liaison elle-même avait servi d'hameçon. Mais le traître pouvait être un autre. Lui était un coordinateur de zone. Le commandement régional savait lui aussi que le point de rencontre avait été réactivé.

Que faire ? Quelques mois auparavant, lorsque le chef était tombé, la solution aurait été simple. Il aurait suffi d'accepter la défaite et de suspendre la lutte. Tout retirer. S'épargner pour d'autres combats à venir. Ce matin, la solution n'est plus si facile à adopter, même si la voie est la même, la seule possible, et moins compliquée qu'il n'y paraît. Reconnaître la défaite. C'est fini, très bien. Nous avons perdu. Il n'y a plus de lutte. Brûler les papiers, abandonner les plans, effacer les pistes, ignorer tous les points de rencontre, ne pas répondre au téléphone, couper tous les contacts. Mais il va s'écouler des décennies avant que les rares survivants n'admettent rétrospectivement que la seule issue était d'accepter la défaite.

Pour le moment, reclus et solitaire dans son deux pièces, le couple n'entrevoit pas cette voie ; il ne pense pas ainsi. Tous deux en sont encore à évaluer les degrés de danger. Le compagnon qui est tombé connaît leurs noms de code, peut livrer des fragments d'informations qui conduisent à des noms, des événements, des lieux, des dates. Ils essaient de se rappeler s'ils ont bien suivi les règles de sécurité lors du coup de téléphone. Oui, ils ont fixé oralement une date postérieure d'un jour à la véritable date de la rencontre, et une heure après également. Toujours mentionner le jour d'après et l'heure d'après, dit la norme de sécurité.

Ils doivent se dépêcher. Il peut y avoir un deuxième traître, qui aurait dévoilé le point de rencontre. Un qui est tombé et un qui a trahi. Ou bien tous deux ne font qu'un ou bien ce sont deux dangers distincts. À tout moment, l'un d'eux pourra les livrer. S'ils font vite, peut-être réussiront-ils à sauver la moitié normale de leurs vies, c'est-à-dire leur propre vie.

Le couple dispose de papiers en règle, d'emplois stables, de familles, d'amis, de pères et de mères et de frères. La moitié non clandestine de leurs doubles vies est intacte. Il suffit d'abandonner la moitié secrète, de déléter – comme on dirait aujourd'hui, en employant ce néologisme si expressif –, non pas par lâcheté, par sagesse. Pour se préserver. Survivre dans la défaite, cela serait, en effet, une victoire. Même dans l'impossibilité de déléter, ils pourraient toujours se réfugier dans un trou quelconque, à la campagne, dans une ambassade, à l'archevêché. Dès lors qu'ils assumaient la défaite. La clé de la solution était d'assumer la défaite, tenir la lutte pour terminée.

Mais tous deux persévèrent. Ils n'agissent pas lucidement. Ils ne sont pas guidés par la logique de la lutte politique, mais plutôt par d'autres logiques, peut-être celles de la culpabilité, de la solidarité, ou du désespoir. Dans une petite mallette d'homme d'affaires, ils déposent leurs deux faux passeports, forgés de manière rudimentaire, les plans d'une action qui n'aura jamais lieu parce que la guerre est déjà perdue, un révolver et quelques cartouches peut-être même pas adaptées à cette arme, et le contrat prénuptial, signé pour essayer d'isoler chacun des risques encourus par l'autre.

Dans un sac plus grand, de toile, ils entassent les documents de dénonciation élaborés à grand peine, ceux qu'ils considèrent comme les plus précieux. La liste des 232 tortionnaires, qui ne seront jamais punis, même des décennies après qu'elle aura été amplement divulguée, même des décennies après la fin de la dictature ; les manifestes des prisonniers politiques, le dossier des tortures, le rapport promis à Amnesty International. Et aussi le paquet de coupures de journaux sur les habitudes et le quotidien des entrepreneurs qui soutiennent les centres de torture. Ils ne savent pas qu'à l'exception de celui qui a déjà été puni, ils mourront tous de mort naturelle, entourés de leurs enfants, leurs petits-enfants et leurs amis, avec des plaques de rue à leur nom.

Et les deux ronéos expropriées à un centre universitaire ? Il faudra les abandonner. Tout comme les livres, les dizaines de livres d'histoire, de théorie marxiste et d'économie, le mini-manuel du guérillero urbain de Marighella, le livre de Debray, les textes de Marta Harnecker et les imprévisibles livres de Nietzsche, qui défendent la force irréductible de la volonté individuelle contre la morale dominante.

Dehors, la vie continue, comme toujours : le produit intérieur brut, en hausse ; les femmes, à leurs courses ; les petits, à leurs jeux ; les mendiants, à leurs suppliques ; les amoureux, à leurs baisers. Le couple peut essayer de survivre, pour reprendre la lutte plus tard, dans d'autres conditions, en d'autres termes. Mais non. Leur dernière tâche consiste à insérer la petite capsule de cyanure entre deux dents. Il y a un certain temps, ils ont fait le serment de ne pas se laisser prendre vivants, afin de ne pas livrer des compagnons sous la torture. Les capsules de cyanure ne figurent pas dans le manuel de conduite.

Les informateurs

Au-delà du monde visible qui nous tranquillise avec ses bonjours et ses bonsoirs, ses comment-ça-va-très-bien, il en est un autre qui ne se laisse pas voir, un monde d'abjections et d'infamies. C'est là que prospèrent les informateurs. Sans l'enlèvement de sa fille, K. n'aurait jamais aperçu cet autre monde, si proche de lui. Pourtant, ils ont toujours été là, subreptices, les informateurs de la police. À commencer par le très poli Caio, au teint pâle et aux gestes efféminés, qui depuis des années refait la décoration des vitrines, se déplaçant avec légèreté au milieu des mannequins, tenant entre ses lèvres serrées les épingles de son métier visible.

À peine est-il arrivé pour la nouvelle décoration d'hiver, que K. l'aborde. Cela fait cinq semaines que sa fille a disparu, dit-il. Cinq semaines, répète-t-il, ignorant le comment-ça-va-très-bien. Il le traîne jusqu'à son refuge dans les tréfonds de la boutique. Là, forcé de s'asseoir, le décorateur se soumet au monologue dramatique du vieil homme, qui gesticule devant lui, sans s'arrêter. À la fin, Caio dit, sur un ton contrit : Je suis vraiment désolé. Et ensuite : Allons voir les vitrines.

Mais, une fois le travail terminé, le décorateur l'invite à prendre un café. À la boulangerie, tout près du comptoir, il lui chuchote qu'il a des amis dans la police. Il dit, important, que son métier le conduit dans les boutiques des Syriens du Brás, des Juifs du Bom Retiro, des Allemands de Brooklin ; le gouvernement s'intéresse d'assez près à ces étrangers. Ils observent tout, dit-il. Il promet son aide. Il va essayer de découvrir si sa fille est en prison et, le cas échéant, où on l'a emmenée.

Stupéfiant, Caio informateur de la police. Surpris et dans l'urgence, K. écrit le nom et l'âge de sa fille sur une serviette en papier. Professeure de chimie à l'université de São Paulo, ajoute-t-il.

Le lendemain, la boutique reçoit la visite d'Amadeu, le propriétaire de la boulangerie. Il demande à voir une chemise. Le Portugais et le Juif se connaissent depuis vingt ans. Tout en faisant semblant d'examiner la chemise, le Portugais parle de la boulangerie, dit combien il est pénible de rester des heures d'affilée debout derrière la caisse. Ce n'est qu'ainsi, dit-il, qu'il a l'œil sur toute la boulangerie. Il a perçu les chuchotements de Caio au comptoir et en a conclu qu'il s'agissait de la disparition de sa fille, qui relève du domaine public sur toute l'avenue.

Une bonne boulangerie, poursuit le Portugais, n'est pas seulement un endroit où l'on achète du pain, c'est un club, un lieu de rencontre, comme les pharmacies de la campagne. Savez-vous combien de conversations se tiennent au comptoir ? Dans ma boulangerie il passe deux mille personnes chaque jour et plus de trois mille le samedi et le dimanche. Les boulangeries sont fort utiles à la police, explique Amadeu. Il dit qu'il va essayer de découvrir si sa fille est en prison. Il lui a demandé le signalement de la petite et s'en est retourné à la boulangerie – sans emporter la chemise.

Si Caio et Amadeu sont des informateurs, les espions sont certainement partout, réfléchit K., perplexe. Il est vrai que, lorsqu'il était arrivé au Brésil en 1935, fuyant la police polonaise, ses compatriotes l'avaient mis en garde contre les espions de Getúlio, Zey zaynen umetum, ils sont partout, avaient-ils dit en yiddish. Mais c'était à l'époque du fascisme. Et voilà les espions partout à nouveau.

Ou est-ce qu'il en avait toujours été ainsi ? Il commence à penser que oui ; le gouvernement pouvait utiliser ou non les informations, mais les informateurs n'avaient jamais cessé d'informer. Si c'était un gouvernement mauvais, comme celui de Getúlio, il les utilisait ; s'il était bon, il les utilisait moins. Et Getúlio n'avait-il pas découvert la cachette d'Olga et de tant d'autres grâce aux informateurs ? Ce qu'il avait fait avec Olga était répugnant.

D'une pensée à l'autre, il en arriva au propriétaire de la pharmacie du Bom Retiro, un homme avec une telle vocation pour la délation qu'à l'âge de vingt ans il était déjà l'informateur de référence parmi les Juifs de São Paulo. K. avait connu son père, mort à présent, chimiste formé à Vilna et amateur de littérature yiddish. Il était mort couvert de honte à cause de son mouchard de fils, même si le jeune homme était alors toléré dans la communauté parce qu'il aidait plus d'un Juif sans papiers fuyant le nazisme et qu'il ne prenait pas cher ; le compatriote qui s'était mis dans la panade avait recours à lui pour négocier une issue honorable avec la police. K. se demanda pourquoi il n'était pas allé le voir dès qu'il avait constaté l'absence inexplicable de sa fille.

C'est alors que téléphone Caio, le décorateur. Votre fille a été arrêtée, en effet. Je n'ai obtenu que cela. Après-demain j'en saurai davantage. Ne me téléphonez pas, je téléphonerai. Le même jour, un employé d'Amadeu vient avertir que la commande est prête. K. comprend. Il se rend à la boulangerie et, à un moment où il n'y a pas de queue devant la caisse, il s'approche et demande à voix haute combien ça fait pour la commande. Amadeu susurre : elle a été arrêtée, je ne sais que ça. Dans quelques jours j'en saurai davantage. K. exulte ; elle est vivante ; ils n'auraient pas dit qu'elle était en prison si elle était morte. Tous deux ont dit la même chose. Il ressent un ineffable soulagement. Maintenant il faut attendre qu'ils découvrent où elle se trouve.

Mais, deux jours plus tard, le matin, le Portugais le fait appeler et lui murmure qu'il y a eu une erreur, elle n'a jamais été arrêtée, jamais, répète-t-il avec emphase. Le Portugais semble effrayé. Le même jour, Caio téléphone et prononce les mêmes paroles, comme s'il répétait un message type. C'est une erreur, elle n'a jamais été arrêtée ; jamais, répète-t-il avec emphase. Et il raccroche sans attendre de réponse.

Comment interpréter cette volte-face ? Une farce, cela est clair. Ils mentent. Une farce scandaleuse. Ils mentent à présent, et pas avant, quand ils disaient qu'elle avait été arrêtée. K. se sent mal ; à nouveau la sensation de vide intérieur, il s'effondre sur sa chaise. Cela fait déjà plus de cinq semaines. Il sait que chaque jour sans nouvelles renforce le mauvais présage. Il se souvient une nouvelle fois du pharmacien. Il sait déjà pourquoi il n'est pas encore allé le voir : il a été contaminé par le dégoût du père pour son fils informateur.

Le lendemain, de bonne heure, K. se rend à la pharmacie. L'informateur le reconnaît aussitôt, bien que K. ait subitement vieilli. Il est déjà au courant de l'enlèvement de sa fille ; tout le Bom Retiro est au courant. Il le conduit dans le cabinet des piqûres et écoute là le récit amer du vieux Juif, augmenté d'une nouvelle énigme : pourquoi disent-ils d'abord qu'elle est en prison et ensuite démentent-ils ?

Le pharmacien sait pourquoi, mais ne dit rien. Il se met à discourir de manière générale, comme quelqu'un qui fait un cours, explique que beaucoup de jeunes Juifs se sont engagés dans la subversion, ce qui a ravivé dans les services secrets le vieux mythe du judéo-bolchevique. La communauté a pris peur et a décidé de séparer les tâches, ne serait-ce que parce que du côté du gouvernement il y a eu aussi une séparation ; ce sont les militaires qui s'occupent de la subversion, la police ne fait qu'aider. Il enchaîne sur les vieux sujets de la police, les communistes de la Maison du peuple, les Juifs sans papiers et les activités sionistes au Brésil. Ce sont les autres qui s'occupent de la subversion ; dans ce domaine, souligne-t-il, rien de ce que je sais faire ne peut servir : amitié, famille, influence de gens importants, échange de faveurs, rien.

« Il y a un rabbin à São Paulo et un dirigeant de la communauté à Rio de Janeiro qui ont des contacts avec les généraux. Mais, autant que je sache, c'est inutile. Pour vous donner une idée, même l'argent ne sert à rien. Même l'argent – répète-t-il. Personne ne leur échappe. »

Le pharmacien écrit quelque chose sur un papier et le passe à K., après tout l'homme avait été un ami de son père : « Peut-être que ceci pourra aider, dit-il. C'est tout près d'ici, une galerie, à cent mètres environ sur la gauche. Ne dites pas qui vous envoie. »

La galerie est étroite, sur deux niveaux. On désigne à K. le propriétaire, un jeune homme en jean et tennis. K. l'aborde et se présente, brièvement. Le jeune est surpris, se ressaisit aussitôt, attrape K. par le bras et le conduit dans la rue, lentement ; il dit que la boutique est bruyante, on ne peut pas y discuter. Dans la rue il dit à K. de marcher tout en lui parlant : il écoutera. Il craint les employés de la boutique, juge K. Il s'est souvenu des amies de sa fille qui l'avaient attiré dans le jardin du campus.

Ils parcourent la rue José Paulino jusqu'au bout et reviennent par le trottoir opposé, K. continuant à parler, l'informateur écoutant. Parfois, l'informateur regarde à la dérobée derrière lui et par deux fois il interrompt K. pour essayer de découvrir qui l'a envoyé. Mais K. ne dit rien, il sait que c'est un test. S'il le révèle, il perdra la confiance de celui-là. À la fin, l'informateur demande le numéro de téléphone de K. et lui dit d'attendre. Il ne promet rien, mais il va essayer. Qu'il ne vienne plus jamais le voir. Je vous contacterai.

K. peut juger, à la sagacité du pharmacien et aux manières du propriétaire de la galerie, que Caio et Amadeu étaient des dilettantes, ils ne savaient pas à quoi ils touchaient. En son for intérieur chamboulé, l'énigme des reculades est en train de s'autodéchiffrer implacablement. Il sent, avec un nœud dans la poitrine, que quelque chose de scandaleux est arrivé, au point d'effrayer et de faire reculer ceux qui voulaient l'aider – il sent que sa fille a été avalée par un système impénétrable, différent de tout ce qu'il avait connu, même en Pologne. L'explication du pharmacien lui a fait forte impression.

Deux jours plus tard, le type de la galerie téléphone. Pour s'identifier, il mentionne la marche rue José Paulino. Il dit à K. que sa fille est au Portugal, où elle s'est enfuie il y a plus d'un mois. Et il raccroche. Impossible, juge K. Horrible mensonge. Sa fille ne le ferait pas souffrir ainsi. Même sans pouvoir contacter le Brésil, depuis le Portugal elle pourrait communiquer avec des parents en Israël, ou avec son frère en Angleterre, avec qui elle correspondait.

La semaine suivante, arrive à la boutique, par la poste, un paquet cylindrique du Portugal adressé à K., avec le nom de sa fille comme expéditeur, écrit à la main. Il contient des affiches politiques de la révolution des Œillets. Ce n'est pas l'écriture de sa fille, il le voit tout de suite. La graphie de sa fille est légèrement inclinée vers la droite et uniforme, d'un tracé élégant, comme un exercice de calligraphie. Ils ont monté une farce. Une pièce de théâtre pour me torturer. Ils sont tous dans le coup, ces informateurs. C'est un réseau sordide, qu'ils aillent tous en enfer, zoln zey ale gueyn in dr'erd arayn, maudit-il en yiddish.

Il reconsidéra, préoccupé, ce qu'il avait révélé aux oreilles traîtresses des informateurs. Les plus dangereux étaient les plus dévoués, comme Caio, qui écoutaient jusqu'au bout et faisaient des promesses. Ils avaient su, par K. lui-même, où il avait déjà cherché sa fille, avec qui il avait parlé, s'il avait des amis importants, s'il avait des contacts à l'étranger, à quels organismes il avait envoyé des lettres d'appel à l'aide ou de dénonciation, qui était son avocat, s'il avait quelqu'un pour l'aider. Et bien d'autres bouts d'informations. Comme j'ai été bête, ikh bin guevezn a groysser idiot, conclut-il en yiddish, j'ai été un gros idiot.

Il ruminait encore ses fautes lorsque téléphona son ami écrivain et avocat. Un général allait le recevoir sur la demande de ce dirigeant de la communauté juive de Rio de Janeiro. Il ne fallait pas gâcher cette opportunité. Et il lui passa l'adresse et l'heure convenue. Le général le recevrait le soir. K. ne savait même plus s'il lui restait quelque espoir, après tant d'appâts, et après tout le temps déjà écoulé depuis la disparition. Mais le général n'allait certainement pas le recevoir pour lui dire quelque chose qu'un père ne pouvait entendre.

Cette nuit-là, au club militaire, à mesure qu'il gravissait les marches de marbre blanc taillées en forme de pétales, qui conduisaient à l'étage supérieur, K. observait le caractère imposant de l'édifice, avec ses lignes néoclassiques. Il se rappela soudain un autre escalier à une autre époque, à Varsovie, en marbre également et aussi dans le style néoclassique, qu'il avait grimpé à grandes enjambées, encore jeune et vaillant, pour s'informer de l'endroit où se trouvait sa sœur Guita, arrêtée lors d'un rassemblement du parti qu'elle avait aidé à fonder, le Linke Poalei Tzion. Il fut alarmé par l'apparition de ce souvenir, qu'il croyait enseveli sous les décombres de sa mémoire.

K. avait trente ans lorsqu'on le traîna à travers les rues de Włocławek, accusé de subversion par la police polonaise. C'est pour cette raison qu'il émigra en toute hâte, laissant femme et enfant, lesquels ne devaient le rejoindre au Brésil qu'un an plus tard. Il fut libéré à la condition qu'il émigrerait, sans compter la somme d'argent collectée par ses amis de militantisme. Sa sœur, Guita, de cinq ans plus âgée, n'eut pas la même chance. Elle mourut tuberculeuse dans le froid de la prison.

L'image soudaine de Guita vint chasser celle du commissaire qui l'avait repoussé du haut de l'escalier de Varsovie en criant que sa sœur n'avait jamais été arrêtée, qu'elle avait dû s'enfuir à Berlin, ça oui, avec un amant.

Il pensait encore à Guita lorsqu'il arriva devant le général, qui le reçut de mauvaise manière. Il le fit s'asseoir avec rudesse. Il se plaignit de ce qu'il répandait dans la communauté juive des accusations lourdes et infondées contre les militaires. Et si votre fille s'était enfuie avec un amant à Buenos Aires ? Vous avez pensé à ça ?

Les premières lunettes

« Tu es bien jolie », commenta K., en l'admirant, les lunettes sur le nez.

Elle ne dit rien, quoiqu'un observateur attentif eût peut-être remarqué une crispation fugace sur son visage. C'était comme si elle n'avait pas entendu. Elle aurait dû emmener son amie Sarinha lorsqu'elle était venue, avec son père, commander les verres et choisir la monture. À présent il était trop tard, se reprocha-t-elle.

La petite avait quatorze ans ; elle venait d'essayer les lunettes choisies avec son père la semaine précédente et qui avaient été livrées ce jour-là. C'était ses premières lunettes.

Même en s'asseyant au premier rang de la classe, elle voyait mal une partie de ce qui était écrit au tableau. Elle devait froncer les paupières pour distinguer les lettres et les chiffres de petite taille. Elle se plaignait depuis longtemps, mais sa mère n'y avait pas prêté attention.

Un jour, elle prit le mauvais bus et dut revenir à pied sur huit pâtés de maisons. Elle avait confondu la Vila Diva avec la Vila Paiva. C'est alors seulement que son père, effrayé, l'emmena chez l'ophtalmologiste, qui diagnostiqua deux degrés de myopie à l'œil droit et un degré à l'œil gauche.

La petite demanda à sa mère de l'accompagner chez l'opticien et de l'aider à choisir une monture qui aille bien avec son visage, long et fin. Mais sa mère était fatiguée et avait la migraine. Toujours la migraine. Vas-y avec ton père, dit-elle.

Depuis l'ablation de son sein droit, en raison d'un cancer, sa mère ne sortait presque plus. Avant, elle rendait souvent visite à ses amies, fière de son port élégant, de son visage brun, harmonieux, au nez aquilin bien taillé, et de ses cheveux noirs ondulés.

À présent, elle ne sortait que de temps à autre le vendredi, dissimulant son sein vide avec une prothèse, mais sans rendre visite à personne. Elle allait au Bom Retiro pour acheter, dans l'anonymat, une part de halva, un pain de seigle ou un hareng fumé. Même si elle restait belle et élégante, elle avait perdu ses cheveux avec la chimiothérapie.

Lorsqu'elle tomba enceinte de sa fille, après deux garçons, elle était déjà une femme triste ; la commission envoyée par les Juifs de São Paulo, pour enquêter sur les rumeurs effrayantes à propos de ce qui s'était passé en Pologne, était revenue en confirmant le pire. Sa famille, comme la plupart des Juifs de Włocławek, avait été décimée. Entièrement. Ses parents, ses frères, ses oncles et ses neveux. C'est pourquoi les lettres avaient cessé de lui parvenir peu après les premiers jours de l'invasion allemande, et non à cause des blocages produits par la guerre. Même son cousin Moses n'y avait pas échappé, et pourtant il était parti pour la France. La commission confirma aussi la déportation et l'extermination des Juifs français. Le cancer du sein apparut peu de temps après ce rapport.

Chez l'opticien, son père choisit une monture robuste et pas trop chère. Non pas par avarice. Ni par manque de considération pour sa fille, sa préférée – mayn tayer tekhterl, ma petite fille chérie, disait-il à ses amis du cercle littéraire –, mais parce qu'il n'avait pas confiance dans ces montures italiennes, si fines. Les lunettes étaient faites pour corriger la vue. Elles devaient être résistantes, ne pas se casser à la première négligence.

L'émerveillement qu'il éprouvait pour sa jeune fille l'empêchait de voir qu'elle n'était pas née bien jolie. Quand il allait la chercher à la sortie du collège, il demandait à ses camarades : vous n'avez pas vu cette jeune fille blonde, la plus jolie de la classe ?

Les camarades souriaient avec complaisance. Sa fille avait les traits anguleux, les lèvres fines et les cheveux plats, d'un jaune pâle. Elle était grande et maigre. La plus cultivée de sa classe, assurément, et fort appréciée aussi pour l'affection qu'elle prodiguait et son esprit de camaraderie. Mais son charme, tout spécial, venait de l'intérieur, de l'esprit, et non d'une beauté de poupée. Toute son expression se concentrait dans ses yeux, qui, d'un bleu triste, révélaient une intériorité immense et inquiète.

Pour son père, avec quelque monture de lunettes que ce soit, sa petite était la plus belle des filles du collège. Un ange de beauté, disait-il également. Et puis K. n'avait pas beaucoup de temps. Il avait laissé son associé seul à la boutique et ils étaient au début du mois, quand il y avait le plus de monde.

Lorsqu'ils arrivèrent à la maison, sa mère se plaignait encore de son mal de tête.

« Comme tu es moche, dit-elle en voyant la petite avec ses lunettes. Tu ne ressembles plus à rien maintenant. »

Sa fille ne répondit rien, ses traits ne s'altérèrent même pas, quoiqu'un observateur expérimenté eût peut-être perçu sur son visage une crispation furtive. C'était comme si elle n'avait pas entendu.

Le mariage clandestin

Quand cette jeune femme s'approcha, dans la réunion des parents de disparus, et se présenta – je suis la belle-sœur de votre fille –, K. perçut l'immensité de l'autre vie, occulte, de sa fille. Elle s'était même mariée sans qu'il le sache; elle avait un mari, une belle-sœur, des beaux-parents. Son mari était également disparu. Une surprise de plus dans ce beau collier de frayeurs, découvrir qu'une autre famille pleurait aussi son absence, non comme fille, mais comme belle-fille, et à présent lui aussi devrait pleurer une deuxième disparition, celle de son gendre, et plus encore, celle des petits-enfants qu'il aurait pu avoir, mais qu'il n'aurait pas – quoique cela, à ce moment-là, il ne le savait pas encore.

Il partit alors à la découverte de ce monde inattendu que sa fille avait créé et lui avait dissimulé, impatient d'en savoir davantage, d'en découvrir l'environnement, de partager les amis qu'elle s'y était peut-être faits, dans cette ville morte de la campagne, de connaître ses mekhutonim. Sans doute se rendait-elle là-bas bien souvent, le dimanche.

Il découvrit que le compagnon de sa fille, ce gendre qu'il n'avait jamais connu, avait été dès son plus jeune âge un obsédé de politique. Il vit ses livres, toute une bibliothèque de prédication révolutionnaire. Auprès d'un cousin de son gendre, une sorte d'homme à tout faire du couple, qui pour cette raison savait des choses que le reste de la famille ignorait, il apprit qu'ils étaient engagés dans la lutte clandestine, tout en menant une vie légale. Son gendre appartenait à la tête d'une de ces organisations, lui chuchota ce cousin. K. se demanda alors ce qui avait bien pu les rapprocher. Est-ce qu'ils s'étaient aimés par le biais de la politique, ou étaient tombés d'abord amoureux et, par la suite, s'étaient unis également dans la lutte clandestine ?

Mais la question qui l'affligea vraiment était de savoir si sa fille aurait été épargnée dans le cas où son mari n'eût pas été un révolutionnaire. Un dilemme moral : devait-il le haïr, pour avoir entraîné sa fille vers une mort stupide, ou l'honorer, pour avoir enrichi sa vie ?

Et jusqu'à quel point l'avait-il de fait impliquée dans la lutte clandestine, ou, au contraire, avait-il tenté de la préserver, de la prévenir des risques, de la maintenir à distance, tandis qu'elle s'était refusée à ne pas l'accompagner dans la lutte, si dangereuse ? Ces questions resteraient à jamais sans réponse. De même qu'on ne saurait pas précisément, même après plusieurs décennies, comment ils avaient été enlevés et tués. À ce moment-là, K. conclut que ces questions étaient inutiles. S'ils vivaient ensemble, il n'avait pas pu la maintenir en dehors de tout risque.

À quel moment sa fille s'était-elle engagée ? Et comment ? Cela s'était-il fait peu à peu, comme une extension pas vraiment consciente de la vie en commun du couple, ou en avaient-ils d'abord discuté sérieusement ? Il avait été surpris par la révélation de son militantisme politique, même si cela était une tradition familiale ; il l'avait toujours vue comme la petite fille sensible qui lisait des poèmes, qui aimait beaucoup le cinéma et bien peu la politique. Mais, après la révélation, bien tragique, de ce militantisme, il comprit les raisons du secret. Des raisons élémentaires de sécurité. Lui aussi avait adopté ce procédé-là à l'époque de son militantisme clandestin en Pologne. La sécurité non seulement d'elle-même et de son époux, mais surtout de lui, le père, et de ses frères.

Ce qu'il ne parvenait pas à comprendre, c'était le caractère clandestin du mariage.

Cela avait-il été par simple vice, s'ils avaient tout fait en cachette ? Cela n'avait pas de sens. À commencer par le fait qu'ils n'avaient pas besoin de se marier, il leur suffisait de vivre ensemble. Pourquoi le papier officiel ? Pourquoi se marier et en même temps cacher le mariage ?

Tous deux menaient une vie légale, avaient des emplois stables, leurs papiers étaient authentiques, ils avaient un compte en banque et un livret d'épargne, et en même temps ils vivaient le militantisme clandestin, avec des noms de code, et des adresses où se cacher et conserver les documents de la lutte clandestine.

Puisqu'ils avaient opté pour le mariage officiel – pour des raisons jamais éclaircies –, pourquoi l'avaient-ils placé dans la partie clandestine de leurs vies et non à la surface légale de celles-ci ? Pour K., un mystère. Ils s'étaient mariés en cachette comme si cela avait constitué un délit, une abjection, ou une conspiration de plus ; peut-être sa petite fille chérie avait-elle craint de lui faire de la peine en lui révélant qu'elle avait épousé un goy, le fils d'une famille non juive.

Mais K. était un libéral. Sa génération s'était rebellée contre la religion. C'était la génération éclairée. Quoique juif jusqu'à l'os, il n'avait jamais exprimé ce type de discrimination. D'ailleurs, son second fils n'avait-il pas épousé une Japonaise ? Et son propre frère aîné, une fois veuf, n'avait-il pas épousé une Portugaise ? Et ses neveux, pour plusieurs d'entre eux, avaient épousé des filles non juives. Et il les avait toujours tous traités avec un soin égal.

Pour autant, le courage avait pu manquer à sa fille pour lui révéler un mariage avec un goy ; de fait, elle allait être la première femme de toute la famille à ne pas se marier avec un Juif. Et d'ailleurs, du côté du gendre, le mariage était connu, même si on ne l'avait pas crié sur les toits. Ils l'avaient accueillie comme une belle-fille fort appréciée, et bien souvent elle leur avait rendu visite à la campagne. Il se sentit mortifié par cette révélation.

Sa fille avait fait confiance à une autre famille, et pas à lui. Pour l'autre famille, le mariage n'avait pas été secret, seulement discret. Y avait-il là un sens supérieur, avait-elle voulu signaler un changement de famille ? Cette pensée lui faisait mal. Cela avait-il été une réponse à son second mariage avec cette Allemande que sa fille détestait ? Ou bien à sa dévotion si intense pour la langue yiddish ? Une langue que ni elle ni ses frères ne savaient parler – par sa faute, d'ailleurs, à lui qui ne s'était pas occupé de la leur enseigner.

Cette hypothèse ajoutait plus de fautes encore à sa faute.

Mais rien de tout cela n'explique qu'ils se soient mariés en cachette, se remettait-il à réfléchir. Un mariage occulte est une contradiction, un paradoxe, puisque la fonction du mariage est justement de faire la publicité de la formation d'une nouvelle famille, du changement de statut des deux jeunes gens. C'est pourquoi les mariages sont si ostentatoires. Si ce n'est pas pour proclamer les choses, le mariage ne s'impose pas, il suffit de vivre ensemble. Mystère.

Peut-être l'explication se trouve-t-elle dans le contrat prénuptial, sur lequel K. est tombé. Le contrat prévoit la totale séparation de biens entre les deux époux. Étrange préoccupation matérialiste pour un couple révolutionnaire. En plus de cela, ils se marient en prévoyant déjà leur séparation, puisque dans le cas contraire ce contrat serait inutile.

Pressentaient-ils une séparation forcée, peut-être, si l'un d'eux venait à être arrêté par les organes de sécurité ? C'est possible. Cela a du sens. Non qu'ils aient eu des biens d'une grande valeur. Les comptes épargne et une Coccinelle, c'était tout. Et les livres, bien sûr. Beaucoup de livres.

Après avoir longtemps réfléchi, K. fut convaincu que la seule raison pour laquelle ils s'étaient mariés officiellement, dans la situation de risque qu'ils vivaient, était de diminuer le risque lui-même. Comment ? En disposant d'un document légitime en tant qu'époux. Ainsi pouvaient-ils signer des contrats de location sans éveiller de soupçons, laisser leurs noms dans les hôtels sans éveiller de soupçons, se réfugier dans des chambres d'hôtes, sans éveiller de soupçons. Ils auraient pu, si cela avait été nécessaire, obtenir des passeports et voyager ensemble à l'étranger, comme mari et femme, fuir sans éveiller de soupçons.

Imaginer qu'ils auraient pu faire cela, mais ne l'avaient pas fait… C'est ce qui lui faisait le plus mal.

Lettre à une amie

Ma belle.

Hier j'ai revu *L'Ange exterminateur*, de Buñuel, que nous avions vu toutes les deux à la belle époque du *Bijou*. Tu te rappelles? J'ai décidé de t'écrire. Ça faisait longtemps que je n'avais plus été au cinéma. Je ne suis pratiquement pas sortie de mon trou. Moi qui aime tellement le cinéma, je suis devenue une vraie recluse. En sortant de la Chimie, je rentre directement à la maison. J'évite les rencontres avec les amis. Tout au plus les sorties pour déjeuner à la Biologie. Quand il y a un week-end prolongé, nous partons bien loin, en dehors de São Paulo, là où personne ne nous connaît. Nous avons passé trois jours à Poços. Je me souviens de cette fois où nous avons été toutes les deux à Parati. Parfois, je me demande : pourquoi tout cela? J'ignore si c'est de la paranoïa, mais je sens un danger qui me cerne. Tous les jours ils arrêtent quelqu'un sur le campus. Je n'ai pas besoin de parler de ce qui est arrivé. Le climat est vraiment pesant. Comment sortir de tout ça? Je ne sais pas comment en sortir, je sais seulement que si auparavant il y avait un sens quelconque dans ce que nous faisions, à présent il n'y en a plus; c'est là que le film de Buñuel entre dans l'histoire, tous ces gens qui peuvent sortir et en même temps qui ne le peuvent pas, n'y parviennent pas, sans aucune raison, aucune explication rationnelle. Ils restent enfermés là, dans une prison imaginaire, et ils s'avilissent. Je n'avais jamais pensé que ce film en viendrait à prendre une telle signification pour moi. J'ai essayé d'imaginer quel type de situation a pu inspirer Buñuel, si ce fut le franquisme, si ce fut le catholicisme, si ce fut quelque chose dans sa vie personnelle. Quoi qu'il en soit, c'est une belle étude sur ce qui conduit les gens à faire ce qu'ils font, à suivre une voie sans issue et à manquer de forces pour changer les choses. C'est ce qui se passe avec moi. J'aimerais vraiment que tu sois ici pour parler de tout cela. À la Chimie, j'ai l'impression que le sol se dérobe, je n'arrive plus à plaisanter avec les collègues, à l'exception de Celina et Vera. Les hommes, eux, je ne peux même plus les voir, je ne les supporte plus. Ils font une belle bande de chiffes molles, comme tu disais toujours. Ils font tous comme si la vie continuait normalement, ils font tous comme si rien n'était en train de se produire. Ma seule joie, aujourd'hui, sans compter la passion dont je t'ai parlé, est une petite chienne qu'il m'a offerte, une beauté, nous la traitons comme une petite fille, shampoing toutes les semaines, promenade au parc tous les jours. Elle s'appelle Baleine. Un hommage à Graciliano, évidemment. Mais ça n'est pas un bâtard, elle a un pedigree et tout. Même ces promenades avec Baleine me font peur, mais comment lui refuser ça? Tu l'aimerais bien, cette Baleine, c'est une caniche blanche, toute poilue. Tu as des nouvelles de ton frère? Le mien, ça fait un an qu'il ne me parle plus. Je ne sais pas ce qui se passe avec lui. Ces gens-là qui sont partis au kibboutz et sont revenus semblent très perturbés. Mon frère, maintenant qu'il a enfilé le costume du journaliste, croit qu'il est au-dessus de tout, et que c'est une protection suffisante. Heureusement qu'il part en Angleterre d'ici quelques mois. Pourvu qu'il parte bientôt. J'ai le pressentiment qu'ici les choses vont vraiment empirer. Avec mon père, nous nous voyons encore une fois par semaine, ou toutes les deux semaines. Depuis qu'il s'est remarié, il est devenu plus affectueux avec moi, il veut me faire plaisir; je crois qu'il s'accroche à moi par nécessité, comme à la petite fille de cette famille qu'il a formée et qui n'existe plus. En même temps, il s'occupe de plus en plus de ses amis écrivains. Je crois que c'est pour la même raison. C'en est fini de la famille et pour lui maintenant il n'y a plus que le yiddish. Il se réfugie dans le yiddish. Est-ce que tu imagines qu'ils se réunissent toutes les semaines? Il y a une certaine Rosa Palatnik qu'il traite comme une reine, qui vient spécialement de Rio; une autre qui vient de Rio, de temps en temps, c'est une certaine Clara Steinberg. Peut-être as-tu entendu parler d'elles. J'ignore si ce sont de grandes écrivaines. Mais malheur à qui interrompt la réunion ! Je ne sais pas comment est l'ambiance à Rio, mais ici, ce qui m'impressionne le plus, c'est l'aliénation des gens. Je ne parle pas des chiffes molles de la Chimie. Je parle des autres, pour qui j'ai du respect. Je sens chez eux un fatalisme, une indifférence, jusqu'à une perte d'humanité, comme si la politique était tout et que rien d'autre n'avait d'intérêt. Certains sont aussi très arrogants. Je vois les gens qui créent leurs objectivités en dehors de la réalité, en se cloîtrant, et ceci vaut aussi bien pour les chiffes molles de la Chimie que pour ceux qui sont éclairés et engagés. Quelque chose de vraiment erroné et moche est en train de se produire, mais je n'arrive pas à définir ce que c'est. Tu sais, c'est une chose qu'on ait des rêves et qu'on prenne des risques mais en ayant de l'espoir, c'en est une autre bien différente, ce qui est en train de se produire. Une situation sans issue et sans explication, tout pareil que dans le film de Buñuel. Une tension insupportable et sans la moindre perspective de quoi que ce soit. Je ne sais même plus où est la vérité et où est le mensonge. Le pire est de n'avoir personne avec qui discuter, à l'exception de mon homme, mais lui est justement l'un des plus braves. À propos, ni mon frère ni mon père ne savent que nous nous sommes mariés. Mon père ne sait rien de ma vie. Il y a une raison à tout. J'aimerais beaucoup te voir, mais si tu viens à São Paulo, ne viens pas me voir directement, téléphone d'abord à une amie et je trouverai vite un moyen de te localiser. Je te demande aussi de ne pas répondre à cette lettre par la poste, ni à l'adresse de mon père. Quoi qu'il arrive, sache que je t'aime beaucoup.

Je t'embrasse.
A.

Livres et expropriation

I

Il volait des livres. Sa sacoche était pourvue d'une poche occulte où il les dissimulait facilement. Il emportait de tout : traités de philosophie, manuels d'économie politique, abrégés d'histoire, biographies et romans sociaux; mais il préférait les classiques du marxisme. Un volume après l'autre, il rassembla les œuvres complètes de Marx et Engels et les principaux livres de Caio Prado, Leôncio Basbaum, Celso Furtado, Josué de Castro et Ignácio Rangel. Il chipait également des livres un peu datés de dénonciation de l'impérialisme et d'exaltation des luttes de libération des peuples d'Afrique et d'Asie.

Il connaissait toutes les librairies et bouquineries de São Paulo, même les plus reculées, qui étaient installées à l'intérieur des immeubles et non en front de rue. Il les fréquentait régulièrement et, au bout de deux ou trois incursions, il achetait un livre, pour donner le change. Les libraires le prenaient pour un bon client, même si, curieusement, il ne choisissait que des livres d'un prix modique. Peut-être était-il pauvre, pensaient-ils.

De fait, il n'était pas riche. Mais il n'était pas un miséreux. Il étudiait le soir, à la faculté, et travaillait le jour dans la programmation informatique, un métier qu'il maîtrisait sans difficulté, peu connu et très rentable à cette époque-là. Il avait un QI élevé et de la culture; il lisait une bonne partie de ce qu'il volait.

Il aurait pu payer pour les livres, mais il les volait par principe. Il les expropriait au nom de la révolution socialiste, disait-il aux rares complices de son secret. C'était comme s'il mettait déjà en pratique la subversion prêchée par le livre ; chaque expropriation, un acte de sabotage du marché qui faisait des idées un objet de profit. Un Bakounine ennemi de la propriété privée ; un révolutionnaire emmagasinant des munitions en vue du grand assaut contre le pouvoir. Il considérait comme une éducation et une stimulation cet état d'infraction permanente.

Il connaissait également les librairies semi-clandestines du Parti, du Parti socialiste et des deux ailes du trotskisme, la lambertiste et celle de la Quatrième Internationale. Mais celles-là, il ne les expropriait pas. Il était un révolutionnaire. Il n'était pas un voleur.

Son trait dominant était sa mâchoire projetée en avant, composant une image de détermination et d'intransigeance. Même s'il était jeune et étudiant, c'était comme s'il avait déjà été à la guerre et en était revenu. Jamais on ne l'avait entendu raconter une anecdote, même s'il souriait souvent, ironique, comme quelqu'un qui se sait supérieur. Il était au-dessus des gens ordinaires, car il s'était pénétré de sa prédestination révolutionnaire. Et, à la différence de bien de ses collègues, qui se proclamaient également rebelles et socialistes, mais ne faisaient pas grand-chose, il consacrait toute son énergie à la préparation révolutionnaire. Sa passion pour la révolution n'avait d'équivalent que son amour des livres.

II

Le jour où les militaires sortirent dans les rues, suspendant les garanties civiles, tandis que la peur et l'incertitude gagnaient le cœur des activistes de gauche, notre personnage, résolu, convoqua pour une mission spéciale un de ses confidents de l'idéal socialiste qui avait une voiture.

Délibérément et de sang-froid, ils parcoururent les bureaux et les librairies des partis de gauche, qu'ils savaient abandonnés à la hâte. L'un, puis l'autre, sans en oublier un seul.

Méthodiquement, ils recueillirent tous les livres, les pamphlets, les journaux, tout ce qu'ils trouvèrent, comme on déplacerait dans un lieu plus sûr un arsenal de guerre afin qu'il ne tombe pas entre les mains de l'ennemi. Du bureau du Parti socialiste, ils emportèrent même les archives des adhérents.

III

Plus tard, capturé et disparu par les militaires, il laissa, pour tout bien, sa bibliothèque révolutionnaire de plus de deux mille volumes, la plupart expropriés. Curieusement, sur la première page de chacun d'eux, il avait apposé d'une lettre ferme et rapide son nom complet et la date de l'expropriation.

Voulait-il marquer une possession ? Non. Cela n'a pas de sens. Peut-être savait-il, plutôt, et depuis toujours, que les livres seraient les seuls vestiges de sa vocation révolutionnaire, petites stèles d'une tombe aujourd'hui encore inexistante.

Jacobo, un fantôme

I

Assis contre le mur du fond, K. observe l'environnement du snack, s'arrêtant sur chaque individu. Il se sent comme dans un film américain et perçoit, alors, le réalisme de ce cinéma. Le type au chapeau de feutre rabattu en arrière qui ne peut être qu'un Juif, en train de lire un journal en yiddish ; le type pressé avec sa serviette d'avocat ; le chauffeur de taxi qui a gardé sa casquette et ressemble à un Italien. Toute l'Amérique des immigrants européens se trouve dans ce snack.

C'est avec douleur qu'il s'aperçoit qu'il est capable de penser à des films, alors qu'il est là pour une seule raison, l'endroit où se trouve sa fille. Et qu'il s'imagine qu'il aurait pu être l'un de ces immigrants, mais qu'il a débarqué au Brésil. Peut-être que s'il était venu en Amérique du Nord, comme son cousin Simon, au lieu de l'Amérique du Sud, la tragédie ne se serait pas produite.

Vingt ans plus tôt, il était venu à New York recevoir le prix pour son poème « Haguibor », publié dans la revue *Tzukunft*. L'environnement apparent a peu changé. Mais, depuis lors, ont cessé de circuler trois des cinq journaux en langue yiddish de New York. Comment une langue peut-elle disparaître si soudainement ? Les Allemands ont tué ceux qui lisaient, et Staline a tué ceux qui écrivaient, se répète-t-il à lui-même ce qu'il ne se lassait pas de dire dans ses conférences.

Ah, s'il n'avait pas pensé sans cesse à la langue yiddish, à la littérature, s'il avait prêté plus d'attention à sa fille, à ses enfants... À présent, il se trouvait là, devant un café allongé, à attendre l'ouverture du bureau de l'American Jewish Committee. On avait promis de le recevoir à neuf heures.

II

L'immeuble a la solidité des Morgan et des Rockefeller, c'est l'Amérique des fortunes de l'acier et du pétrole. À l'entrée, il s'arrête, impressionné, devant la plaque de bronze en mémoire des jeunes Juives de familles pauvres embarquées pour l'Amérique, sur des promesses de mariage, et poussées à la prostitution : les Polonaises, comme on dit au Brésil. Il pense aussitôt : les Juifs du Bom Retiro n'ont pas eu la décence d'apposer une plaque comme celle-là.

Il est reçu par un homme âgé, Irineu Blaumstein, peut-être du même âge que lui. Ils discutent en yiddish. Blaumstein dit le connaître à travers ses contes et ses poèmes, publiés dans les journaux de New York. K. parle de la disparition de sa fille et de son gendre. Il a apporté une feuille avec leurs signalements. Et quelques photographies. Il ne sait plus à qui s'en remettre – dit-il d'un ton suppliant. Il arrivait de Londres, où il était allé à Amnesty International. Avant cela, il s'était rendu à Genève, alerter la Croix-Rouge. Courtoisement, il demande pourquoi l'American Jewish Committee n'a pas critiqué publiquement la dictature brésilienne, comme l'a fait Amnesty International.

« Qu'a fait Amnesty International ? » demande Blaumstein.

« Ils ont lancé une campagne mondiale, dit K., ils ont appelé leurs militants à envoyer des lettres de réclamation au gouvernement brésilien, sa fille a été choisie comme "prisonnier politique de l'année". »

En parlant de la dictature, K. se souvient avec dégoût de la Commission des droits de l'homme de l'Organisation des États américains, qui avait rejeté sa demande d'une manière bien cynique. Ils avaient dit que, d'après le gouvernement brésilien, il n'y avait aucun élément concernant sa fille. Évidemment : ils avaient demandé aux bandits s'ils étaient des bandits. La Croix-Rouge l'avait bien reçu, ils avaient pris note du signalement et promis d'engager une recherche. Mais à ce qu'il semble, ils n'attendent pas grand-chose de leur section brésilienne.

Amnesty lui avait suggéré de demander l'aide de l'American Jewish Committee, dit K. On lui avait dit que cette organisation avait l'expérience de ces cas-là et qu'elle avait beaucoup d'influence dans les hauts cercles américains. La Croix-Rouge aussi avait fait l'éloge du Jewish Committee.

Blaumstein explique alors à K. les principes opérationnels de l'American Jewish Committee dans le domaine des droits de l'homme. Depuis sa fondation, en 1906, motivée par les pogroms en Russie, ils luttent pour la promotion du pluralisme et pour l'éradication des préjugés, considérant qu'il s'agit là de la meilleure manière de combattre l'antisémitisme, en l'envisageant comme partie d'un problème plus vaste d'intolérance et de discrimination.

Quant aux cas particuliers, comme celui de sa fille, l'American Jewish Committee avait appris avec le temps que la meilleure tactique était le travail silencieux, souterrain ; c'est ainsi qu'ils travaillaient. En vérité, Amnesty International adoptait également deux tactiques, l'une ostensible et l'autre discrète, bien que différentes des leurs. Beaucoup de monde avait été sauvé de cette manière. Vous n'avez pas idée de notre capacité à atteindre certaines autorités, dit Blaumstein.

Il demande où loge K. Chez mon cousin Simon, à Brooklyn, dit K., en écrivant l'adresse sur le même bout de papier où se trouve le signalement de sa fille. Blaumstein lui dit d'attendre chez son cousin des nouvelles au plus tard pour le lendemain midi. Il lui recommande le secret sur ses contacts avec le Committee. La discrétion est fondamentale, insiste-t-il.

Le lendemain, bien avant midi, un coursier remet à K., chez son cousin, une enveloppe contenant ce message : *Vous serez contacté sous peu à São Paulo par Jacobo. Il a un accent argentin et il dira qu'il s'agit de votre nouveau livre de poèmes. Mémorisez ce message et détruisez ce papier.*

Impressionnant, réfléchit K., des organismes si respectables, si puissants, des organismes humanitaires, et ils ont besoin d'agir en cachette comme s'ils étaient des malfaiteurs ; on dirait qu'eux aussi ont peur d'être disparus. C'est comme si ces criminels qui disparaissent les gens étaient partout. Jusqu'en Amérique, pays de la liberté. Le soir même, K. embarque pour São Paulo.

III

Deux semaines et quelque se sont écoulées.

K. reçoit un coup de téléphone d'un monsieur Jacobo, qui souhaite discuter avec lui de la proposition d'un nouveau livre de poèmes. Il parle un peu en yiddish et un peu en portugais avec un accent argentin. Ils conviennent d'un rendez-vous à la bibliothèque de l'association Hebraica. Jacobo lui demande d'apporter tous les originaux de ses poèmes et, s'il a des brouillons, de les apporter aussi.

K. se munit une nouvelle fois de toutes les données signalétiques et des photographies. Il prend également quelques originaux en yiddish, dans le cas où il devrait donner le change. De fait, Jacobo le reçoit avec effusion dans le café de la bibliothèque, comme un éditeur traiterait un grand poète dont il va publier le livre.

Jacobo est jeune, dans la trentaine, avec d'abondants cheveux blonds. Une physionomie sérieuse, qui feint la joie. Il ressemble à un sportif qui vient pour un tournoi de tennis davantage qu'à un éditeur en voyage d'affaires.

Ils font les présentations debout devant le comptoir du café ; puis ils s'installent dans l'un des cabinets réservés de la bibliothèque et se mettent à discuter ouvertement, mais en contrôlant le volume de leurs voix. Ils parlent tantôt en yiddish, tantôt en portugais.

Trois heures durant, K. est interrogé par Jacobo ; il veut tout savoir. Sur le militantisme de sa fille, du mari, à qui il a déjà parlé. Tout. Il insiste sur les dates et les lieux. Surtout les dates. Il dit que la date de la disparition est le point de départ pour savoir à qui parler et découvrir ce qui est arrivé. Il s'arrête en particulier sur les contacts de K. avec les autorités, les gens du gouvernement, les avocats et le personnel de l'archevêché. Il dit qu'il a affaire à un mécanisme très spécial qui fait disparaître les gens sans laisser aucune trace.

Même s'il n'est pas difficile de faire disparaître le corps, dit Jacobo – en Argentine, par exemple, ils les jetaient d'un avion dans la mer à grande distance de la côte –, il y a toujours un témoin, un pilote d'avion, un subalterne qui a poussé les corps... Il perçoit alors la désolation dans le regard de K. et change de ton : ses hommes avaient localisé presque une centaine de Juifs et quelques non-Juifs prisonniers dans des lieux secrets et donnés comme disparus. Ils leur avaient obtenu des sauf-conduits avec visas d'entrée en Israël, où certains étaient restés. Les autres étaient passés en Europe et aux États-Unis. Peut-être obtiendrait-il quelque chose de ce genre pour sa fille et son mari ?

Il ne faut pas se décourager, dit-il à K. Il y a encore de l'espoir. En Argentine il y avait des milliers de disparus – dit-il –, peut-être plus de dix mille, et ils continuaient encore à enlever et à disparaître les gens, mais voilà que, soudain, quelqu'un que l'on donnait déjà pour mort était localisé comme par miracle. Il avait accumulé une grande expérience avec les disparus et il promit de la mobiliser tout entière dans la recherche de sa fille. Les tribulations du vieux Juif, écrivain et poète, soudain brisé par ce qu'on avait fait à sa fille, l'avaient profondément touché. Finalement, il dit au revoir. Il promit d'envoyer des nouvelles ; il dit à K. de ne pas désespérer.

IV

Deux mois se sont écoulés, sans un signe de Jacobo. À la fin d'octobre, K. reçoit un coup de téléphone d'un certain Carlos, mentionnant la préparation de son prochain livre de poèmes. C'est le signe. Il a un fort accent argentin, comme Jacobo. Ils doivent parler du livre, dit Carlos.

Ils se retrouvent dans le même cabinet réservé de la bibliothèque de l'association Hebraica. Carlos attendait l'arrivée de K., qui est venu en taxi non pas depuis la station qui se trouve devant la boulangerie contiguë à sa boutique, mais avec un taxi intercepté sur l'avenue. Par précaution également, il n'est pas descendu devant la porte d'entrée, mais un peu avant, devant un immeuble résidentiel.

Carlos explique à K. que, malgré tous leurs efforts, ils n'ont obtenu aucune information fiable à propos de sa fille. C'est comme si, autour d'elle et de son mari, on avait dressé une muraille de secret impénétrable. En deux occasions – dit-il –, quelqu'un en est venu à admettre qu'elle avait été arrêtée, mais peu après, lors d'un second contact, ils ont allégué qu'il s'agissait d'une erreur. Sur le mari, ils n'avaient même pas dit cela. Il veut savoir, de K., si de son côté il y a quelque chose de nouveau, une information nouvelle.

K. dit que non. Rien. Découragé, il n'écoute presque plus ce que lui dit ce Carlos. Il se sent très fatigué, à nouveau ce vide intérieur qui l'avait déjà abattu les autres fois, qui l'empêche même de se lever d'une chaise. Il se souvient de Jacobo, pénétré d'une telle énergie et d'un tel optimisme qu'il était parvenu à lui inspirer un soupçon d'espoir.

« Et comment va Jacobo ? » demande-t-il.

« C'est pour ça que je suis venu, et pas lui », dit Carlos. « Jacobo a disparu il y a deux mois. Nous sommes très inquiets. Il a disparu sans laisser aucune trace. »

La chienne

Que faire de la chienne ? Avec le couple, tout s'est passé comme sur des roulettes, comme le chef aime bien, sans laisser d'indices, sans témoin, rien, un travail bien propre, on est même pas entrés dans la maison, pour pas courir de risque avec les voisins, une maison toute collée aux autres ; on les a attrapés tous les deux dans l'impasse, par surprise ; une chance, cette sortie latérale du parc, à moitié cachée, quand ils se sont rendu compte, ils étaient déjà dans la voiture avec le sac sur la tête ; y a que la chienne qui a aboyé, mais c'était trop tard. Maintenant cette maudite putain de chienne arrête pas de nous embêter. On avait pas pensé à la chienne. Lima avait tout relevé – le malin, jusqu'au nom de la chienne, Baleine, un nom stupide pour une petite chienne minuscule et poilue comme mon cul. Où c'est qu'ils ont pris ce nom ? J'ai vérifié avec Lima si c'était bien ça. Il a garanti que oui et il a même dit : Comme ça se trouve dans le rapport – le fils de pute voulait se foutre de ma gueule. Mais ça sert à rien de l'appeler par son nom, la chienne réagit pas, elle mange pas depuis le jour où elle est arrivée, parfois elle lèche un peu l'eau et c'est tout ; ça fait déjà six jours, elle mange pas et elle meurt pas non plus, elle reste là, épuisée, les oreilles qui tombent, à faire la morte, si on s'approche, elle grogne, la putain de chienne, comme si elle était en train d'accuser, comme si elle savait tout ; elle bouge que quand la porte s'ouvre. Alerte et l'ouïe aiguisée, bien avant que la porte s'ouvre elle sait déjà qu'elle va s'ouvrir et elle se lève d'un bond, l'oreille dressée ; bien sûr, elle pense que ce sont ses maîtres qui arrivent, quand elle voit que c'est pas eux, elle s'effondre. C'est comme ça à chaque fois, elle se lève d'un bond, tout excitée, puis elle s'effondre, l'idiote, elle sait pas qu'ils vont jamais revenir. Comment les chiens peuvent-ils être aussi alertes et aussi idiots en même temps ? Ça aurait dû être marqué dans le rapport que le couple emmenait la chienne dans ses promenades, comment on allait le deviner ? Lima a oublié de le mettre, c'est ça la vérité, il dit qu'il a rien oublié, qu'il suffisait de faire deux plus deux, si c'est marqué que le couple a une petite chienne et qu'il sort se promener tous les après-midi, c'est clair que la promenade est pour la petite chienne, pour qu'elle se détende et fasse sa petite crotte, c'est nous qui sommes idiots, il a dit, toujours en se foutant de ma gueule, le fils de pute. Il a pas dit non plus que la chienne était un petit loulou de race, on dirait un petit chienchien à sa mémère ; je comprends pas ce que deux terroristes faisaient avec une petite chienne comme ça, des fois qu'ils étaient pas du tout des terroristes, ça colle pas, ou des fois que la petite chienne c'était pour donner le change, ou alors avec cette ouïe aiguisée qu'elle a elle montait la garde, elle donnait l'alerte, sauf que cette fois elle a raté son coup, elle a trop tardé, elle a pas aboyé à temps, est-ce qu'elle se sent coupable ? On le saura jamais, parce que de toute façon il y a autre chose, on doit tuer bientôt cette chienne, y a pas d'autre moyen. Le pire c'est la nuit : cette putain de chienne pleure sans s'arrêter, on dirait qu'elle le fait exprès pour qu'on dorme pas, à gémir toute la nuit ; je comprends pas le chef, un dur à cuire, mais quand je dis qu'il reste la chienne, que c'est dangereux, il fait celui qui entend pas. Toujours à demander si on a laissé une piste, si quelqu'un a vu, à vouloir tout savoir, pour être sûr qu'on saura jamais qu'on les a fait disparaître ; je dis qu'il y a la chienne, qu'elle peut nous trahir, qu'un ami à eux peut reconnaître la chienne et tout foutre en l'air, il fait celui qui entend pas. Quand j'ai dit qu'elle mangeait plus depuis son arrivée il a mis la faute sur moi, a dit qu'on donnait de la mauvaise nourriture à la petite chienne, et il nous a même fait acheter ce paquet à trente balles le kilo, plus cher que le filet-mignon ; le pire c'était hier, quand j'ai parlé de sacrifier la chienne, je me suis pris une sacrée branlée, il m'a traité d'inhumain, de lâche, que celui qui maltraite un chien est un lâche ; j'ai failli lui dire : et celui qui tue ces pauvres étudiants, qui ont père et mère, qui sont déjà en prison, et qui en plus les écartèle, fait disparaître les morceaux, ne laisse rien, c'est quoi ? Heureusement que j'ai rien dit. Je sais pas où j'avais la tête. C'est cette maudite putain de chienne qui me laisse pas tranquille, le chef vient ici que quand il y a un nouveau prisonnier. De la viande fraîche – qu'il dit –, il en tire ce qu'il veut, le fait liquider et s'en va. Mais nous on reste ici tout le temps, avec cette chienne qui nous tourmente, mais je sais ce que je vais faire : je lui donne encore deux jours, si elle meurt pas d'elle-même, je fous du poison dans son eau, je fous le poison qu'on a donné à l'ancien député fédéral.

Ce jour-là, la Terre s'est arrêtée de tourner

K. se colle à la radio, d'autres attendent près de la télé, un groupe se rassemble devant le bandeau lumineux de la rédaction de l'*Estadão* ; mères, sœurs, épouses enceintes, à attendre. Ils guettent le moment avec l'émotion anticipée d'amateurs d'étoiles équipés de télescopes qui attendent la seule éclipse du siècle. Ils sont équipés, dans le cas présent, d'espoirs. Le président a annoncé que ce jour-là, à midi précisément, le ministre de la Justice Armando Falcão allait révéler l'endroit où se trouvent les disparus.

Tandis qu'approche l'instant de la révélation, c'est comme si le Soleil s'était tout à coup arrêté dans l'air, l'air s'est arrêté dans l'air, le monde semble s'être arrêté. Le tabou a été brisé. Le gouvernement va parler des disparus, c'est pourquoi l'espoir est revenu. Six mois se sont déjà écoulés depuis la divulgation, par le cardinal archevêque de São Paulo, de la liste des vingt-deux disparus. Les journaux l'ont reproduite, quoique discrètement, risquant de mettre en rage l'imprévisible censure.

Et voilà ce qu'il en est. À midi commence la transmission. Les noms sont dits progressivement dans l'ordre alphabétique. Chez K., l'espoir s'évanouit. Le nom de sa fille, qui selon cet ordre-là aurait dû se trouver parmi les premiers, ne vient pas. D'autres qui suivent attentivement le communiqué sont saisis de perplexité. Celui-ci est en fuite, cet autre n'a jamais été arrêté, celui-là aussi est en fuite. Untel a déjà été libéré, une fois sa peine accomplie.

Tout à coup, on prononce le nom d'un professeur d'économie respecté qui n'a jamais disparu, qui vit encore là où il a toujours vécu et que l'on voit passer là où on l'a toujours vu passer, même s'il a été expulsé de l'université, et qu'on a ensuite affirmé par malveillance qu'il était disparu. Puis un autre, objet du même mépris. Au lieu de vingt-deux explications, vingt sept mensonges. Voilà que, finalement, apparaît une référence à la fille de K. Sur elle, dit le communiqué, comme sur son mari et sur deux autres, il n'y a rien d'enregistré dans les organes du gouvernement.

Les militaires ont accompli la promesse du président à la lumière de la doctrine de la guerre psychologique contre l'ennemi. Dans ce type de guerre, confondre l'ennemi avec des mensonges est un procédé légitime, équivalent aux rideaux de fumée de la guerre conventionnelle. Ils se sont trompés, ceux qui attendaient la révélation dans un but humanitaire des victimes d'une guerre déjà gagnée. Au contraire, la fausse liste s'est révélée une arme efficace dans une nouvelle stratégie de torture psychologique. Il aurait mieux valu qu'ils ne disent rien, raisonne K.

La lecture est terminée, le communiqué spécial du ministre de la Justice est clos. Quelques secondes s'écoulent, le Soleil regagne son orbite; tout s'agite à nouveau; les gens retrouvent leurs mouvements. K. ne bouge pas; il se sent très fatigué.

L'ouverture

« Que pourraient-ils te faire qu'ils n'aient déjà fait ? »
Moïse ibn 'Ezra

I

Mineirinho, va chercher Fogaça dans sa cellule. Je vais lui demander un petit service à ce voyou, et après je le libère. Dis au gardien qu'il va sortir. Qu'il se prépare et prenne ses affaires. Ces fils de pute pensent que j'ai peur des gros bonnets. J'ai peur des gros bonnets mon cul. Ça serait ce salaud de Golbery qui veut maintenant se la jouer, ça serait le président de la République, ça serait le pape, ça serait ce sénateur américain de merde, moi je leur chie tous dessus. Ils m'ont donné carte blanche pour en finir avec les communistes, non ? J'en ai fini avec eux, non ? Alors qu'ils me cassent pas les couilles. Et voilà que le vieux est allé parler avec ce sénateur, qu'il lui a donné une lettre, et qu'ils font pression – qu'ils aillent faire pression sur leur putain de mère.

II

Fogaça, assieds-toi là. Assieds-toi là, putain. Écoute-moi bien – pourquoi tu trembles ? Arrête de trembler, putain. Tu vas me rendre un petit service. Si tu fais bien comme il faut, je te libère. T'as compris ? Tu vas prendre ce téléphone qui est là et je vais te donner un numéro, y a un putain de vieux qui va répondre et tu vas lui dire ton nom, tu peux lui dire vraiment ton nom, dis-lui que tu viens d'être libéré du Dops et que t'as vu sa fille ici. Le vieux va plus se sentir, il va faire des bonds, il va te poser tout un tas de questions, comment va sa fille, tu diras rien, tu diras juste que tu l'as vue, qu'elle t'a donné son téléphone. Il va vouloir te voir, il va demander où tu es. Voilà le plan : tu dis que tu es à la gare routière du côté du Dops, que tu téléphones depuis la gare routière, que tu t'en vas. Que t'as de l'argent que pour le bus, que tu pars pour Tatuí, que ta famille est de Tatuí. Le vieux va insister pour te voir, tu diras que c'est pas possible, que tu dois partir. Là il va te dire de prendre un taxi jusque chez lui, qu'il paiera le taxi, ou alors qu'il viendra te chercher. Dis-lui qu'il vienne te chercher. Dis que tu l'attends devant la pharmacie attenante à la gare routière. Mais qu'il vienne vite. Demande-lui à quoi ressemble sa voiture. T'as tout compris, pauvre con ? Essaie de faire bien comme il faut et je te libère. Si tu chies dans ton froc, tu retournes en taule, je te mets à l'isolement. Mineirinho, fais le numéro et passe-lui le combiné. Notre gars tremble tellement qu'il peut même plus tenir un téléphone.

III

Mineirinho, t'as vu comme ça a marché le coup avec Fogaça? Sauf que c'est pas du tout ce que tu crois, Mineirinho. Le vieux est pas venu parce qu'il y a cru, Mineirinho. Ce vieux-là est un malin. Il est venu parce qu'il devait venir. Il devait venir, t'as compris? Mineirinho, c'est ça le truc, la psychologie. Il devait venir, même sans y croire. Et tu sais pourquoi? Parce que s'il court après tous ces gros bonnets, même après tout ce temps, c'est parce qu'il veut pas accepter que sa fille est plus là. Il refuse. Alors il s'accroche à n'importe quoi, même en sachant que c'est du bluff. Il peut pas s'empêcher d'y aller, d'essayer. Tu sais quoi, Mineirinho, c'est une putain de bonne idée que j'ai eue là.

IV

Mineirinho, tu te souviens du vieux qu'on a bien enculé en obligeant Fogaça à inventer qu'il avait vu sa fille ? Ben v'là-t-y pas que le vieux lâche rien ! On va devoir être plus malins. Prends-moi son adresse, là, pendant que je téléphone à Rocha, à Lisbonne. Il y a trois heures de différence, on a encore le temps.

V

Vous êtes du consulat ? Appelez-moi Rocha, s'il vous plaît, dites que c'est Fleury.

Et alors, Rocha ? Comment ça va ? J'ai besoin que tu fasses quelque chose. Prends un peu de ces brochures, là, de ces capitaines de la soi-disant révolution des Œillets, tout ce cirque, et envoie tout ça par courrier à l'adresse que Mineirinho va te passer. Fais un paquet et envoie, par avion, n'écris rien. Juste l'adresse et l'expéditeur. L'expéditeur, tu l'écriras à la main, comme si ça venait d'une jeune femme. Mineirinho, passe à Rocha l'adresse du vieux et le nom complet de la subversive. Le vieux va encore plus se sentir. Le fils de pute. S'ils avaient pas ordonné de tout arrêter, j'aurais bien tué un de ces vieux juste pour que les autres arrêtent de casser les couilles. Je l'aurais tué lui ou alors cette putain de bourge de Zuzu, qui est aussi allée tirer ses ficelles là-bas aux States.

VI

Mineirinho, le paquet envoyé par Rocha de Lisbonne a été livré. Lima a vérifié à la poste. Le vieux doit être dingue. Maintenant on va donner le coup final. Appelle notre type du Bom Retiro, celui de la galerie, et dis-lui que la petite va arriver du Portugal demain par un vol de la TAP, à Guarulhos. Lima a déjà vérifié si demain il y avait un vol de la TAP. C'est vraiment pour faire chier le vieux ; je commence à m'énerver avec ce Juif de merde. Ce vieux peut encore nous compliquer la vie. Laisse-le aller là-bas, regarder tout le monde sortir, un par un, bien lentement, et pas de fille. On va lui briser la colonne à ce vieux. On va lui mener un de ces trains d'enfer, à l'en faire crever, jusqu'à ce qu'il ait un infarctus, le fils de pute.

VII

Ils ont envoyé un autre avertissement depuis le sommet là-haut, Mineirinho. Les choses deviennent plus sérieuses, il y a plus de gens qui s'en mêlent, qui font pression. En plus de ça, ce rapport de Lima sur cette soi-disant réunion de familles avec l'archevêque ne dit rien qui vaille. Maintenant ça n'est plus seulement le vieux, la Zuzu et l'un ou l'autre encore, maintenant c'est de la politique. C'est devenu un mouvement. Et les fils de pute là-haut qui parlent d'ouverture. Est-ce que c'est l'heure de parler d'ouverture ? Il faut nous laisser du temps, putain. On a à peine fini le boulot.

On doit tout changer, Mineirinho. Maintenant l'ennemi c'est les familles de ces terroristes. Mais on doit utiliser plus la tête, la psychologie, Mineirinho. On doit abattre ces familles par la psychologie.

Voilà ce que tu vas faire, Mineirinho : tu vas téléphoner à l'un de ces fils de pute de la commission des familles, tu peux prendre n'importe lequel dans la liste que Lima a préparée. Tu téléphones et tu dis qu'il y a des disparues qui ont été internées à Juqueri, internées comme folles. Dis que la prof de chimie en fait partie, mais qu'il y en a d'autres dont tu sais pas le nom. Dis que tu étais de garde à Juqueri et raccroche. Le laisse pas demander quoi que ce soit d'autre. T'as compris, Mineirinho ?

VIII

Mineirinho, je savais bien qu'il suffisait d'attendre. Ça a pris une semaine, mais ça a marché. Je savais bien qu'ils allaient mordre à l'hameçon, et que ça allait vite arriver jusqu'au vieux. Il est allé tout seul voir Franco da Rocha, il y est allé comme ça tout droit, il a frappé à la porte et a dit qu'il voulait voir sa fille. Ah bon, il y est allé avec deux autres ? Tu vois bien qu'ils agissent déjà comme un groupe. C'était prévu. Ils doivent tous être aux abois, à essayer de découvrir comment on entre à Juqueri, de trouver un médecin, un fonctionnaire de l'Asile judiciaire. Maintenant on va marquer une pause. Laisse-les s'épuiser avec cette histoire-là.

IX

L'histoire de Juqueri a déjà deux mois. Lima dit que ça s'est déjà essoufflé. Ils ont laissé tomber Juqueri. Il dit que maintenant ils sont en train de fouiner à l'IML. Le vieux a été là-bas à l'IML, avec quelques autres. Ils découvriront rien, mais cette affaire d'IML c'est toujours dangereux, ça s'approche de bien près de certains schémas, n'est-ce pas ? En y pensant bien, Mineirinho, on doit toujours être en avance, on pourrait utiliser davantage notre personnel à l'étranger. Lurdes, par exemple, de là-bas à Ottawa, elle est bien. Dis-lui de téléphoner à ce putain de vieux et de lui dire qu'elle a vu sa fille là-bas. Qu'elle invente une histoire. Elle peut se faire passer pour une touriste brésilienne, dire qu'elle était dans un café et qu'une jeune femme blonde l'a entendue parler portugais et s'est présentée et lui a donné le téléphone de son père. Qu'elle a même pas attendu de rentrer au Brésil et qu'elle téléphone de là-bas, par sympathie – voilà. Cette Lurdes est très bien, elle va aimer ça.

X

Mineirinho, on est en train de faire une erreur. Les fils de pute veulent pas livrer les points de rencontre. Mineirinho, tu crois que le vieux a réussi à impliquer Kissinger ? Putain, Mineirinho, tu sais pas qui c'est, Kissinger ? C'est le type qui a monté tout ça. L'Américain, la putain de tronchasse. Sauf que la situation a changé là-bas. Elle a changé là-bas et elle a changé ici aussi. Cette putain d'ouverture. Tu sais où est l'erreur, Mineirinho ? L'erreur c'est qu'on est là à asticoter les espoirs de ces cons-là, avec ces histoires comme quoi ils sont à Juqueri ou à l'étranger. Ils savent déjà que c'est de la tromperie, mais ils veulent encore se tromper. Et nous on les aide. Ce qu'on doit faire, c'est le contraire : on peut les épuiser autant, démoraliser les pauvres cons de la même manière et même pire, en faisant dire que les corps sont enterrés dans un endroit à chaque fois différent. Chercher à sauver quelqu'un qui peut être encore vivant c'est une chose, mais chercher un corps, juste pour l'enterrer, c'est différent. Dis-moi la vérité, Mineirinho, je suis trop fort. Même Falcão a pas eu cette idée.

XI

C'est ça, Mineirinho, on va répandre des rumeurs sur l'endroit où se trouvent les corps. Une rumeur après l'autre. On en lâche une, on attend, un mois ou deux, puis on en lâche une autre. On va tuer ces types d'épuisement. Ton oncle du barbecue à Ibiúna, il travaille encore comme agent immobilier? Mineirinho, demande-lui de choisir, là, dans la liste des propriétés en vente, une qui soit grande et qui ait un mur bien haut. Vide de préférence. Tu notes la localisation et tu la passes aux familles, comme tu as fait avec Juqueri. Sauf que maintenant c'est le mort, le cadavre. Tu donnes juste la piste, tu donnes pas l'adresse complète, laisse-les croire qu'ils ont trouvé par eux-mêmes.

XII

Mineirinho, assieds-toi là. Il se passe quelque chose d'étrange. J'aime pas du tout ça. Tu sais qui est venu me voir? Le type de la CIA, Mineirinho, ce Robert, ni plus ni moins. Le putain de vieux a réussi à retourner de son côté quelqu'un de la CIA là-bas aux States. Robert a dit que l'ordre était arrivé de Washington pour qu'on retrouve la fille et le mari. Ordre des States, Mineirinho. Ce vieux avec cette petite boutique de merde à Tucuruvi, ou il cache vraiment bien son jeu, ou alors je sais pas, il doit avoir un parent aux States qui est très important. Heureusement que Robert m'a prévenu. Mineirinho, il voulait passer un accord, on rend la fille et le mari et eux ils effacent notre nom de tous les documents qu'ils ont là-bas. Tu sais comment c'est là-bas, hein, Mineirinho? Un jour ou l'autre ces documents vont tomber entre les mains de la presse et là on pourra aller se faire foutre. Robert dit que tout a changé. Que maintenant il est temps de nettoyer les archives, de pas laisser de preuves. Comme si je le savais pas. Rendre la fille, où c'est qu'il a la tête ce type ? Même s'ils étaient vivants, comment je pourrais les rendre, après tout ce qui s'est passé ? Il faut supprimer les preuves, non ? Eh ben on les a supprimées. Bien avant qu'ils le demandent. Dis-moi la vérité, Mineirinho, à côté de moi ces gringos font pas le poids, que des amateurs.

La matzéva

« Ce que vous demandez est absurde, poser une pierre tombale en l'absence du corps… »

Le rabbin est emphatique. K. l'a choisi parce qu'il était de la ligne moderne. N'étant pas orthodoxe, peut-être autorisera-t-il que soit posée une pierre tombale pour sa fille à côté de la tombe de sa femme, au cimetière israélite de Butantã. Pourtant le rabbin non seulement rejette la demande, mais fait preuve de froideur face à son drame.

Encore quelques mois et cela changera, quand un autre rabbin, encore plus moderne, arrivé des États-Unis, aura célébré lors de l'office œcuménique pour le journaliste juif assassiné par les militaires. K. est un peu en avance sur son temps.

« Il n'y a pas un seul mot dans tout le Talmud ni dans les quatorze livres du Mishné Torah qui parle de matzéva en l'absence de corps », dit le rabbin. Et il poursuit sur un ton professoral :

« Qu'est-ce donc que l'enterrement, si ce n'est rendre à la terre ce qui est venu de la terre ? Adam, adama, homme et terre, le même mot ; le corps se décompose lentement et l'âme se libère lentement ; c'est pourquoi, chez nous, la crémation et l'embaumement sont interdits ; il est interdit d'utiliser des cercueils métalliques ; interdit de les fermer avec des clous, et tant d'autres interdictions. Une sépulture sans corps, cela n'a pas de sens. »

K. n'a pas besoin que ce rabbin lui apprenne quoi que ce soit. Il a étudié au heder, encore enfant, tous ces livres, et même le livre du Zohar. Il maîtrise assurément l'hébreu mieux que n'importe quel rabbin de São Paulo. Même s'il rejette la religion, il en connaît les préceptes; il sait que la pierre tombale doit être posée un an après la mort quand, d'après les gaonim, les sages, le souvenir du mort devient plus vif.

K. ressent avec une intensité insolite la justesse de ce précepte, l'urgence qu'il y a à dresser une stèle pour sa fille, maintenant qu'il l'a perdue depuis un an. L'absence de pierre tombale revient à dire qu'elle n'a pas existé et cela n'est pas vrai : elle a existé, est devenue une adulte, a développé une personnalité, a créé son monde, s'est formée à l'université, s'est mariée. Il souffre de l'absence de cette pierre tombale comme d'un désastre de plus, une punition supplémentaire pour être resté étranger à ce qui arrivait à sa fille juste sous ses yeux.

« Sans corps il n'y a pas de rite, il n'y a rien » – poursuit le rabbin. « Il n'y a pas de tahara, pas de purification du corps. Et pourquoi lavons-nous le corps ? Parce que seuls des corps purifiés peuvent avoir leur sépulture dans le cimetière juif... »

Ce rabbin veut-il dire que ma fille n'était pas pure ? Que sait-il de ma fille ?... Rien. Pour K., le rabbin prononce des mots vides. Ils lui avaient déjà dit, à la Société du cimetière, la Hevra kadisha, que sans corps on ne pouvait pas poser la matzéva. Il avait rétorqué à Avrum, le secrétaire de la société, qu'à l'entrée du cimetière de Butantã il y a une grande stèle en mémoire des morts du génocide, et en dessous il n'y a aucun corps. Avrum l'avait sévèrement repris pour avoir comparé au génocide ce qui était arrivé à sa fille, rien ne se compare au génocide, dit-il ; il se leva, tellement il était irrité. Le génocide est un et unique, le mal absolu. Avec cela K. fut d'accord, mais il rétorqua que pour lui la tragédie de sa fille était la continuation du génocide. Et il argua qu'en Eretz Israel, pour la même raison, on a coutume d'ajouter sur la matzéva du défunt les noms de ses parents victimes du génocide. Cette référence à la coutume en Eretz

Israel fut décisive. Le secrétaire accepta, mais comme c'était la première fois, il exigea l'aval d'un rabbin. C'est pourquoi K. était allé chercher ce rabbin tenu pour moderne, et qui continue à argumenter contre la pierre tombale.

« Le placement de la matzéva n'est que la dernière étape de l'enterrement, pour que les parents et amis puissent rendre hommage au défunt et réciter le kaddish pour son âme. Quelle est l'origine de la matzéva ? Pourquoi nos ancêtres la posaient-ils ? Ils la posaient pour que les tombes ne soient pas profanées ; pour que les corps ne soient pas violés ; si bien que nous en revenons à la question initiale : s'il n'y a pas de corps, il n'y a rien à profaner, il n'y a rien à violer, il n'y a pas de raison de poser une matzéva. »

K. écoute déjà sans intérêt. Révolté, il en revient au verdict du temps de sa jeunesse, selon lequel le savoir rabbinique est comme un jeu avec des mots aux racines médiévales et dépourvus de relation avec la réalité. Ces mêmes rabbins n'avaient rien fait quand il avait appelé à l'aide. Même l'archevêque de São Paulo avait tenté quelque chose, et ces rabbins, rien.

« Il est également interdit d'enterrer les mauvais avec les justes et il y a bien d'autres règles, comme vous le savez. Pour Maïmonide, ceux qui sont mariés avec des non-Juifs ne doivent pas être enterrés dans le champ sacré. Les suicidés ne peuvent pas non plus être enterrés à l'intérieur du cimetière, mais contre le mur. »

Il a d'abord insinué qu'elle n'était pas pure, maintenant il parle de suicide. Que sait-il ? Il ne sait rien. Ou bien veut-il dire qu'elle n'était pas une bonne Juive, une femme juste, parce que son mari était goy ? C'est avec ce type d'argument qu'on a refusé aux Polonaises le droit d'être enterrées au cimetière de Vila Mariana ; elles, qui n'étaient pas des hors-la-loi, seulement des Juives pauvres trompées par la mafia – une histoire douloureuse occultée par tout le monde –, avaient dû créer leur propre cimetière, là-bas dans le quartier de Chora Menino. Les Polonaises de Santos également.

Le rabbin poursuit dans sa péroraison : « Le cimetière a aussi une fonction éducative, en nous rappelant que, lorsque l'ange de la mort vient nous chercher, nous sommes tous égaux ; c'est pourquoi les pierres tombales doivent être modestes, seulement la pierre avec l'inscription du nom du défunt, ses dates de naissance et de mort, et les noms de ses parents. »

K. a des doutes. La communauté se serait-elle comportée avec une telle indifférence pour ce qui est arrivé à sa fille, si elle avait été une Klabin, ou une Safra ? Ni la communauté ni ce rabbin et peut-être pas même les bandits du gouvernement. Consterné, mais déterminé, K. a pris congé un peu sèchement et s'est dirigé en vitesse vers les escaliers. À ses oreilles, résonnent encore les dernières phrases du rabbin :

« Ce que vous voulez en vérité, c'est un monument en hommage à votre fille, ce n'est pas une pierre tombale, ce n'est pas une matzéva ; mais elle était terroriste, n'est-ce pas ? Et vous voulez que notre communauté honore une terroriste dans le champ sacré, qu'elle s'expose à des risques à cause d'une terroriste ? Elle n'était pas communiste ? »

La même accusation sous forme de question, exactement dans les mêmes termes, avait été formulée un mois plus tôt par le Juif millionnaire propriétaire de la chaîne de télévision et ami avec d'anciens présidents et des généraux. K. était allé le voir sur l'indication d'un autre compatriote important également. Il lui avait raconté l'histoire de sa fille dans l'espoir d'obtenir par son intermédiaire quelque information auprès des généraux qui étaient ses amis. Le Juif millionnaire avait écouté avec impatience et demandé, comme quelqu'un qui justifie ce qui est arrivé et clôt ainsi la discussion : « Mais elle n'était pas communiste ? » K. avait alors répondu, de but en blanc : « Elle était professeure à l'USP. »

Consterné par le défaut de matzéva, K. eut alors l'idée de composer un petit livre en mémoire de sa fille et de son gendre. Une stèle en forme de livre. Un livre *in memoriam*. Cela se faisait aussi, parfois, en Pologne, même si cela ne remplaçait pas la matzéva. Il composerait une brochure de quelque huit ou dix pages, avec des photographies et des témoignages de ses amies, il en ferait imprimer cent exemplaires et les remettrait en mains propres à toute la famille, aux connaissances et aux amis ; il l'enverrait aux parents en Eretz Israel.

Cela lui donna plus de travail qu'il ne l'avait prévu. Il fallut recueillir les témoignages et les dactylographier ; puis dessiner une ébauche en indiquant les espaces des textes et des photos sur les huit pages du mémorial. Les amies de sa fille l'aidèrent, car K. ne savait écrire correctement qu'en hébreu ou en yiddish. Elles apportèrent toutes des témoignages et l'une d'elles fit l'ébauche. Sur la première page ils décidèrent de mettre une belle photo de la remise de diplôme de sa fille.

Tout ce matériel en main, K. se rendit dans la petite imprimerie du quartier qui avait appartenu à un anarchiste italien appelé Ítalo, un ancien client, mort à présent, avec lequel K. de temps à autre échangeait des propos ironiques sur la politique. K. donnait toujours la préférence aux commerçants du quartier. Autrefois, l'imprimerie tirait un petit journal anarchiste appelé *Labor*. À présent, sous la direction du fils, elle imprimait des faire-part de mariage, des cartes de visite et des modèles de facture.

Le lendemain, K. retourna à l'imprimerie pour connaître le devis et savoir quand le petit livre serait prêt. Le jeune homme le reçut pratiquement en hurlant :

« Comment avez-vous l'audace d'apporter du matériel subversif dans mon imprimerie ? Prenez ça et allez-vous en, ne vous montrez plus jamais avec ce genre de chose. Est-ce qu'on a déjà vu ça, du matériel subversif, une disparue politique, une communiste ? Elle n'était pas communiste ? »

Les désemparés

Ce qui est bien, quand vient le poids des ans, c'est que l'enfant s'occupe de son père et de sa mère jusqu'à leur dernier souffle et les enterre ; les enfants des enfants font pareil, et c'est comme ça pour toujours. Maintenant, j'ignore ce qu'il va advenir ; vous avez encore votre petite boutique, votre fille en parlait, mais nous, nous avons quoi ? La retraite de ma femme est pas grand-chose ; moi j'ai même pas autant ; il a été le premier de la famille à obtenir un diplôme, un bûcheur, il travaillait le jour et étudiait la nuit ; il gagnait pas mal ; à chaque fin de mois, il venait, il récupérait les factures, la lumière, l'eau ; il liquidait les ardoises de l'épicerie et de la boucherie. Pour la maison, c'est lui qui a fait les papiers, qui a versé l'apport de départ, il remboursait les prêts, on n'avait pas besoin de s'en occuper. La plus jeune nous aide, mais pas beaucoup ; elle est séparée de son mari, elle doit s'occuper de sa fille. Ma femme, robuste comme personne, d'un jour à l'autre sa tête a blanchi de chagrin, maintenant elle se met à pleurer sans raison ; mon squelette n'est plus bon à rien ; c'était un accident du travail, mais ils m'ont obtenu que cette miette d'aide invalidité qui suffit même pas pour mes remèdes, et encore ils ont dit que c'était par bienveillance parce que j'étais pas enregistré. Il disait bien, aussi, que je devais toujours demander un peu plus à cause de la vieillesse ; il disait qu'ils dépendaient de moi, il avait en horreur les types de l'usine, vous savez ? Et c'est pas vrai, qu'ils dépendaient de moi ? Parmi tous ces gens de la vallée, qui c'est qu'ils appelaient pour souder les cuves, changer les pièces des batteuses, des pompes ? Toujours moi. J'avais pas une minute de jour comme de nuit, d'ici jusqu'à Aparecida et de l'autre côté du fleuve aussi, Caçapava, Jacareí ; en ce temps-là, il y avait des produits laitiers de partout, des pâturages, des plantations, puis tout s'est écroulé ; de ça aussi il s'en est aperçu, il était pas du genre à parler à tort et à travers, vous savez, plutôt taiseux, mais il a vu bien avant que l'agriculture allait disparaître. Ensuite sont arrivées ces chaînes de montage, l'usine de pièces ; un jour ce peuple va devoir manger des vis, il y aura plus de lait ni de fromage, ni de tome, ni de beurre, ni de sucre, ni rien ; vous trouvez que j'exagère ? Oui, peut-être, ça c'est pas lui qui l'a dit, c'est moi qui spécule, lui ne disait rien sans bonne raison. Vous avez vu ce gros tas de livres dans le garage ? Tous à lui… Maintenant, ça sert à rien. Moi j'ai appris à lire, mais après l'accident mon œil pouvait plus lire, juste pour la page des sports, et encore, juste un peu ; pour lui les livres c'était tout, personne pouvait y toucher. Il s'est mis à lire très tôt. Enfant déjà, les autres qui s'amusaient, lui qui ne faisait que lire ; les autres allaient jouer au cerf-volant, lui allait chercher des livres chez son oncle – je crois que je vous ai déjà parlé de cet oncle, non ? Rubens est mon beau-frère, le frère de ma femme, il a été directeur de syndicat ; c'est de lui que mon fils a attrapé le goût de la lecture et la manie de la politique ; mais j'accuse pas Rubens, j'accuse personne. C'est le destin. Nous sommes ici pour laver nos péchés, non ? Je me souviens de mon fils au collège qui s'était mis en tête de faire un petit journal des élèves, ça a été le début, le jour de la remise de diplôme, c'est lui qui a fait le discours ; il avait quatorze ans et il faisait déjà un discours ; au collège il s'est mis dans un machin de l'Église, le mouvement Paulo Freire ou quelque chose comme ça, il allait dans les quartiers apprendre à lire aux ouvriers ; quand Jânio a démissionné et qu'il y a eu toute cette querelle avec les militaires, il décollait pas de la radio. À partir de là, il a plus lâché la politique ; il ne s'est calmé qu'en entrant à la faculté, mais aujourd'hui je crois que c'était que pour les apparences, pour pas se faire remarquer. Rubens l'avait mis en garde quand il y avait eu l'avertissement au régiment de Caçapava, avant même que tout ça se produise, il leur a ordonné à tous les deux de faire très attention. Le cinéma, il aimait beaucoup aussi, il y allait toujours, deux fois par semaine, on changeait le film, il y allait ; mais le ballon il suivait pas, si on parlait de football il avait pas d'opinion, il connaissait même pas les joueurs. Il avait pas non plus d'histoires de cœur, jusqu'au jour où il est venu ici avec votre fille, rien qu'à me le rappeler ça me donne la chair de poule ; il est venu et il nous l'a présentée, comme ça ; elle, si éduquée, a enchanté même les voisins, elle nous mettait en joie. Ils sortaient par ici, allaient prendre une glace sur la place, allaient à la kermesse, à la fête de São Gonçalo thaumaturge, de São João, c'est pas que de lui, mais de toute la famille qu'elle prenait soin, je le dis sincèrement et avec le cœur ; si vous voulez je m'arrête. Quand est sortie cette nouvelle dans le journal, sa photographie à elle, disparue, ma fille est venu me montrer ; j'ai dû faire asseoir la vieille sur une chaise, et à partir de là ça n'a été que des tracas, même l'attitude des voisins a changé, on nous regardait de travers, avec mépris, ici tout le monde se connaît, c'est passé de bouche en bouche ; ma fille a failli perdre son emploi à la mairie ; le temps a passé, a passé, ils se sont calmés, mais il y en a encore qui évitent notre trottoir, que faire, pas vrai ? Les gens sont comme ils sont ; ma femme l'aimait beaucoup, elles passaient leur temps à bavarder, ma fille aussi, toutes les trois, c'est la vraie vérité, il y avait personne qui l'aimait pas… si vous voulez, j'arrête de raconter… elles parlaient de tout, même de moi, de mon aspirine que je prends trois fois par jour ; votre fille disait que si je n'avais pas mal il fallait pas en prendre, elle s'y entendait, diplômée et tout, mais question aspirine je m'y entends plus. Elle comme lui, un livre à la main ; maintenant j'ignore ce qu'il va advenir de nous, dans notre famille le pilier c'était lui, il nous soutenait, nous aidait, s'occupait de nous, on reste sans soutien, c'est pas bien, ce sont les enfants qui devraient enterrer leurs parents, et pas les parents qui enterrent leurs enfants. Et pire que ça, on peut même pas les enterrer.

Les immunités, un paradoxe

Le père qui recherche sa fille disparue n'a peur de rien. S'il agit au début avec précaution ce n'est pas par crainte, mais parce que, abasourdi, il tâtonne encore comme un aveugle dans le labyrinthe inattendu de la disparition. Le début est un apprentissage, il lui faut prendre la mesure du danger même, non pas pour lui, puisqu'il n'a peur de rien, mais pour les autres : amies, voisins, collègues de la faculté.

Et au début, il y a de l'espoir, on ne pense pas à l'impensable; peut-être que discrètement on obtiendra une exception. C'est ainsi qu'agissent les organismes dotés d'une expérience millénaire dans leurs rapports avec les despotes, sans ostentation, sans accuser. Pour cela seul, le père à la recherche de sa fille disparue agit au début avec précaution.

Ensuite, quand se sont écoulés bien des jours sans réponse, ce père élève la voix; angoissé, il ne murmure plus, il aborde sans pudeur les amis, les amis des amis et jusqu'aux inconnus; ainsi va-t-il, cartographiant, toujours comme un aveugle avec sa canne, l'immense et insoupçonnée muraille de silence qui l'empêchera de savoir la vérité.

Il découvre la muraille sans découvrir sa fille. Bientôt il sera las de mendier un peu d'attention. Quand les jours sans nouvelles deviennent des semaines, le père à la recherche de sa fille se met à crier, sans retenue; il importune, il dérange avec son malheur et ses exigences inaccessibles de justice.

Le gouffre du système ne cesse pas, la répression se poursuit, sanglante, mais le père qui recherche sa fille a de moins en moins peur. Malheureux mais insolent, il perçoit alors le grand paradoxe de son immunité. N'importe qui peut être avalé par le tourbillon du gouffre, ou renversé et abandonné dans un trou quelconque, sauf lui. Lui, la répression ne s'en occupe pas, même quand il crie. S'occuper de lui serait avouer, apporter une réponse.

Il se sent intouchable. Il va voir les journaux, il marche témérairement en brandissant des affiches à la face de la dictature, en dédaignant la police ; il défile comme les mères de la Praça de Maio, mort-vivantes propres à horrifier les vivants ; pénétré d'une tâche inaliénable, rien ne lui fait peur. Il est visé par des regards obliques de frayeur, il en perçoit d'autres, de sympathie.

En tombant nez à nez, dans une vitrine de la grande avenue, sur le reflet de sa propre image, un vieil homme parmi d'autres vieux et vieilles, brandissant comme un étendard la photographie agrandie de sa fille, il se rend compte, stupéfait, de sa transformation. Il n'est plus lui, l'écrivain, le poète, le professeur de yiddish, il n'est plus un individu, il est devenu un symbole, l'icône du père d'une disparue politique.

Quand les semaines deviennent des mois, il est pris de lassitude et se décourage, mais il ne renonce pas. Le père qui recherche sa fille disparue ne renonce jamais. Il n'a plus d'espoir, mais il ne renonce pas. À présent, il veut savoir comment c'est arrivé. Où ? Quand exactement ? Il a besoin de savoir pour mesurer sa propre faute. Mais on ne lui dit rien.

Encore une année, et la dictature finira par agoniser, c'est ce qu'il semble à tout le monde ; mais ce ne sera pas l'agonie qui précède la mort, ce sera la métamorphose, lente et autocontrôlée. Le père qui recherche sa fille disparue brandira encore, obstiné, la photographie agrandie, mais les regards de sympathie se feront rares. Apparaîtront d'autres drapeaux, plus convenables, d'autres regards. L'icône ne sera plus nécessaire ; elle dérangera, même. Le père de la fille disparue insistera, défiant le sens commun.

Encore quelques années et la vie retrouvera une normalité qui, pour le plus grand nombre, n'a jamais cessé. Des vieux meurent, des enfants naissent. Le père qui recherchait sa fille disparue ne recherche plus rien, vaincu par l'épuisement et l'indifférence. Il ne brandit plus la pancarte avec la photographie. Il cesse d'être une icône. Il n'est plus rien. Il est le tronc inutile d'un arbre mort.

Deux rapports

Rapport de l'agent Souza, 20 mai 1972. Réunion du commandement régional ALN/RJ. Ont participé les éléments déjà enregistrés : Clemêncio (ou Clemens, ou Alcides), Márcio (ou Cid), Álvaro (ou Fernando, ou Mário) et un certain Rodriguez, non encore enregistré, outre l'agent. Rencontre Praça Saenz Peña avec Márcio, unique contact depuis la liquidation de Yuri. Les susnommés se sont réunis dans un local nouveau ou ancien mais tenu en réserve. On enregistre : callandia rue Conde de Bonfim 663, studio au premier étage, appartement 2, bout du couloir, avec possibilité de fuite par la fenêtre de derrière, qui donne sur une gare secondaire de la Light; il n'y a pas de portier; et il n'y a pas besoin de prendre l'ascenseur. Porte renforcée de l'intérieur, avec deux barres de bois. Une corde épaisse, attachée à la fenêtre, facilite la fuite en cas de descente. Márcio avait les clés. Dix minutes plus tard est arrivé le nommé Álvaro et un élément inconnu présenté comme Rodriguez. On enregistre : Rodriguez est de taille moyenne, maigre, cheveux noirs et traits marquants, avec la mâchoire saillante et des sourcils serrés, âge entre 28 et 30 ans. On peut établir un portrait-robot. Quelques minutes plus tard est arrivé l'élément déjà connu Clemêncio, qui s'est conduit comme le chef dès qu'il a pénétré dans le local, même s'il n'a que 19 ans comme enregistré. Trois terroristes étaient armés de révolvers à crosse courte : Álvaro, Clemêncio et Márcio. Moi aussi, conformément aux instructions. L'élément inconnu Rodriguez n'était pas armé, il doit être un élément d'appui et non GTA. Les susnommés savent déjà que les dernières arrestations sont dues à l'infiltration. Clemêncio a déclaré qu'il y avait un suspect et a proposé que soit formée une commission d'enquête sous ses ordres, avec pour objectif de parvenir à une punition. Mais il n'a pas suggéré le nom du suspect. Márcio a dit qu'il fallait prendre beaucoup de précautions, avoir des preuves. Clemêncio a parlé du risque de débandade ; il fallait mener rapidement l'enquête et appliquer la punition pour intimider les hésitants. Il a dit que l'idée de trahison était très forte et que l'enquête pouvait aider à regrouper l'organisation autour de la nouvelle stratégie d'un état insurrectionnel permanent, avec des foyers dispersés et reculés dans la campagne et des actions tactiques urbaines. Rodriguez ne s'est pas manifesté. Ce Rodriguez a été présenté comme venant du Paraná, mais il doit être de São Paulo, puisqu'au Paraná il n'y a plus rien, comme il a été enregistré. Il n'a pratiquement rien dit. J'ai senti qu'il n'appréciait pas ma présence. La réunion a été rapide et s'est achevée sans modification dans les procédures, les points de rencontre ou les mots de passe. Il n'a été mentionné aucune autre action, ni fixé de nouveau rendez-vous, ce qui précède étant tout ce qu'il y avait à rapporter.

Il ignorait l'existence de ce local ; qui sait l'un des derniers, peut-être le dernier. La réunion fut courte et nerveuse, comme il l'avait prévu. Conformément aux instructions, il soutint la proposition de punition du délateur. Puis il allégua des raisons de sécurité pour partir sans tarder. Il voulait écrire son rapport sans omettre aucun détail. Il tourna au coin de la rue et prit un taxi qui passait par là. Dans le centre – dit-il. Il fit stopper à deux pâtés de maisons de la rue Barão de Mesquita et termina le chemin à pied. Il rédigea le rapport directement à la machine, pour gagner du temps. Tandis qu'il tapait, il évoquait les visages anxieux de la réunion, il savait que le moment était décisif ; c'était la première rencontre du commandement régional après toutes les arrestations et la liquidation du chef, il leur fallait identifier l'infiltration. Il y avait le risque qu'il soit démasqué et puni – un danger. Avant la rencontre, il avait été inquiet tout l'après-midi, récapitulant un à un ses derniers contacts, pour s'assurer qu'il n'avait prêté le flanc à aucune suspicion. Ce n'est qu'après avoir conclu qu'ils ne le soupçonnaient pas qu'il se rendit au point de rencontre. Avant quoi il se livra encore une demi-heure durant à la méditation. Mais, et de ce côté-ci ? Le chef peut faire durer l'opération pour obtenir des noms encore inconnus, ce Rodriguez, par exemple, peut conduire à d'autres ; mais le chef peut aussi tout arrêter dès maintenant. La décision de faire disparaître ceux qui restent est déjà prise, je le sais fort bien, ils attendent juste le bon moment, les types sont foutus, ça n'est qu'une question de temps, état insurrectionnel permanent, ces types sont fous, totalement en dehors de la réalité, complètement déments. Mais, et lui, qu'adviendra-t-il de lui quand tout sera fini ? Inutile, il sera bon à jeter. En plus de cela, il en sait trop. Qu'est-ce qui garantit qu'on ne le fera pas disparaître lui aussi ? N'ont-ils pas fait disparaître, après tout, le type infiltré dans la VPR ? Merde, quelle situation, je dois trouver une issue. Et dire que je me suis mis dans ce bourbier à cause d'une femme, avec toutes ces femmes aussi dans les assemblées, et cette salope de Laura qui s'amène tout à coup devant moi avec le type tout amoché, attaque de banque, c'était le moment de leur claquer la porte au nez. Expropriation, qu'elle a dit, et moi là-dedans, est-ce que par hasard ils m'ont demandé ? Après ils m'ont offert cette issue vers l'Algérie, ils voulaient vraiment que je parte là-bas, c'est sûr ils ont eu peur que je parle, c'était ça ou la clandestinité totale ; j'aurais dû y aller, la fuite était facile, le lendemain je me tirais et basta. Mais qui aurait imaginé que cette folie allait aboutir là où elle a abouti ?

Il regarda autour de lui, il était encore seul, dans la pièce des chiens, le fils de pute nous appelle les chiens. Il se rappela la nuit effrayante où ils lui ont arraché un ongle, ils avaient dit qu'ils allaient les lui arracher tous, un à un, jusqu'à ce qu'il accepte de changer de bord. Maintenant qu'ils n'avaient plus besoin de lui, quelle garantie avait-il ? Aucune. Il n'allait pas se laisser tuer après tout ce qu'il avait enduré. Il avait besoin de temps pour trouver une issue. Il tira le rapport de la machine, en fit une boulette de papier et la mit à la bouche ; heureusement que c'était des feuilles fines et petites, des feuilles de bloc ; il attendit qu'elle s'humidifie et se mit discrètement à l'écraser entre ses molaires. Il glissa une nouvelle feuille dans la machine et commença un autre rapport :

Rapport de l'agent Souza, 20 mai 1972. Réunion du commandement de l'ALN/RJ ; rencontre fixée Praça Saenz Peña, avec Márcio, unique contact depuis la liquidation de Yuri. Attente réglementaire de dix minutes sans apparition du susnommé ; attente répétée quinze minutes plus tard, conformément à la procédure type, sans l'apparition du susnommé. Opération avortée. J'attends instructions.

Il tirait le rapport de la machine quand la porte s'ouvrit et que le chef entra ; il avala d'un coup la boulette de papier et lui tendit le rapport, tandis qu'il inventait, angoissé, une explication à la rougeur de son visage et à la sueur qui coulait sur son front.

À la Baixada Fluminense, cauchemar

Cette nuit-là, pour la première fois depuis la disparition de sa fille, K. dormit profondément. Son voyage à la Baixada Fluminense l'avait épuisé. Il se réveilla reposé, mais perturbé par le rêve qu'il avait fait, presque un cauchemar, car il le ressentit comme un châtiment pour sa stupidité de la veille, même si le rêve était confus comme le sont les rêves, celui-ci plus encore parce qu'il contenait des scènes étranges, qu'il tentait à présent de déchiffrer. L'une d'elles lui revint aussitôt à l'esprit, nette. Il creusait le sol avec une pelle, même si c'était une pelle ordinaire, plate, il retirait à chaque fois une quantité extraordinaire de boue, comme si ç'avait été une pelle mécanique, de telle sorte que le trou gagnait rapidement en profondeur. La signification évidente du rêve était celle-ci : il aurait dû creuser le trou la veille et ne l'avait pas fait, après tous ses efforts pour arriver dans ce coin perdu de la Baixada Fluminense. Il se souvint de la métisse, un bébé dans les bras, qui lui avait indiqué la décharge de ferraille, la seule à proximité de la gare. On parvenait à la dépression en marquant quatre cents pas réguliers en direction des collines, en comptant à partir du portail de la décharge. Là se trouvait, de fait, le sentier et, au bout de celui-ci, la roche sphérique de granit décrite par le journaliste. C'est là qu'avaient été enterrés des prisonniers politiques disparus, avait dit le journaliste. K. fut surpris par le sol dur, pierreux, qui admettait tout juste quelques rares touffes de souchet et d'herbe barbe-de-bouc, sales et pâles. Aucun signe de terre retournée. Peut-être est-ce cela qui avait commencé à le décourager. Il avait également eu tort de n'appeler personne pour l'assister dans sa tâche. À force de chercher sa fille auprès de gens importants, jusqu'à l'étranger, il s'était éloigné des actions collectives, même si – bien entendu – chaque famille menait aussi ses propres recherches, mobilisait ses connaissances, ses relations de parenté, même les plus éloignées, ou professionnelles, cela tous le faisaient et devaient le faire ; mais il y a des choses qui ne se font pas seul. Ce n'est qu'en atteignant le lieu indiqué que K. perçut ce qu'il y avait d'insensé dans la suggestion du journaliste, louer un tracteur dans la ville même et creuser. Comme si c'était simple de déterrer un squelette ou peut-être plus d'un, sans aucune technique, en détruisant tout, sans la présence d'une autorité qui puisse servir de témoin et tout mettre par écrit, sans un expert, sans appeler l'OAB ; ce n'est pas comme ça qu'on s'y prend. Qui sait s'il avait jamais sérieusement pensé creuser ; après tant de fausses informations, tant de recherches inutiles, il avait contracté la manie de chercher seulement pour chercher, afin de ne pas rester immobile ; quand il était seul, à ne rien faire, c'était les pires moments ; l'image de sa fille lui venait si fort que cela lui faisait mal ; c'est pourquoi, au moindre soupçon, même absurde, il s'agitait. Cela n'avait pas été le cas de ce journaliste, quelqu'un de sérieux, disposant de bonnes sources au sein de la police, célèbre pour ses reportages d'investigation ; ensuite, le décor exactement comme il l'avait décrit ; il est vrai qu'il pouvait s'agir des corps de victimes d'un crime ordinaire et non de disparus politiques ; et lui, là, seul, faisant tout à coup venir un tracteur pour retourner le sol, il aurait assurément attiré l'attention ; un danger. Mais ce n'est pas par peur qu'il ne fit rien : un père à la recherche de sa fille disparue n'a peur de rien, peu lui importe ce qui peut arriver, après ce qui est déjà arrivé. Non, ce ne fut pas la peur, ce fut le découragement, le manque de volonté, l'épuisement du seul fait d'arriver là et de trouver l'endroit ; et le fait d'être seul, bien entendu. Il aurait dû transmettre l'information à la commission des familles et, ensemble, ils auraient dû décider ; cela, il pouvait encore le faire, cela donnerait un sens à son expédition solitaire, comme si celle-ci avait été une vérification préliminaire de l'information. Cette réflexion le tranquillisa. Il se rappela bientôt une autre partie de son rêve : il était au fond du trou, creusant toujours, et en levant les yeux il apercevait tous ces visages entourant la fosse, l'observant, lui, de là-haut, oui, parce que c'était déjà comme une fosse, et lui au fond et tous regardant vers lui, tous ses amis lettrés, les frères Cohen, Rosa Palatnik, l'avocat Lipiner, le Portugais de la boulangerie, le voisin espagnol, l'associé de la boutique, ces visages si familiers, là en haut regardant vers lui ; les visages familiers, c'était cela, les visages familiers, familiers des disparus. Où avait-il eu la tête pour ne pas partager l'information lors de la réunion des familles ? Intrigué, il ne se rappelait plus de quelle manière ils le regardaient : si c'était avec colère, ou avec curiosité, ou bien indifférents, ou anxieux, et lui creusant, creusant. Soudain K. se rappela une autre scène, lorsque la pelle heurtait une pierre et que de sous celle-ci sortait un serpent et qu'il le tuait d'un seul coup, avant qu'il n'attaque ; et aussitôt après il se trouvait hors du trou et, même s'il n'avait pas été mordu par le serpent, il ressentait des frissons, comme s'il était malade ou fébrile ; et il n'y avait plus personne, tous avaient disparu, il n'y avait là qu'une jeune métisse avec un enfant dans les bras, et cette fille était la petite employée qu'il avait embauchée il y avait fort longtemps, lorsqu'elle était encore toute jeune, elle devait avoir une quinzaine d'années, pour s'occuper de sa propre fille lorsque sa femme s'était trouvée mal, avec les nouvelles de la guerre, au point de n'avoir plus d'énergie pour quoi que ce soit. Sa petite fille n'avait que trois ans, et cette jeune fille, qui s'appelait Diva, s'occupait de l'enfant, et dans son rêve il sentait ses frissons augmenter ; et, quand il allait voir l'enfant, c'était sa petite fille, et

Diva lui disait : Va t'allonger, c'est l'heure de prendre ta quinine. Et il se rappela le palu qu'il avait attrapé une fois qu'il était allé creuser un terrain là-bas dans les basses-terres d'Água Fria, un terrain acheté en confiance à un ami ; quand il était allé le voir, c'était un marécage, il installa la clôture, démarqua le terrain, et il tua trois serpents, et sa pelle était plate, et le sol était très mou, parce que c'était un marécage, si bien qu'il attrapa le maudit palu. Il n'avait que trente-huit ans, ce fut le premier terrain qu'il put acheter ; et par la suite, lorsqu'il prit de la valeur, même s'agissant d'un marécage, il le vendit et avec cela il put verser l'apport de départ pour la maison ; c'était exactement à l'époque où sa petite fille était encore bébé et sa femme toute traumatisée, tandis que lui délirait à cause du palu, et celle qui s'occupait de sa fille, c'était la petite métisse Diva. Il avait oublié Diva, où pouvait-elle bien être ? Diva avait disparu elle aussi ; un jour, elle avait demandé son salaire et était partie, après avoir vécu avec eux pendant plus de dix ans. Elle appartenait déjà à la famille, même si elle mangeait toujours à l'écart, mais elle dormait dans la même chambre que sa fille, elles étaient presque comme des sœurs. Elle était partie sans dire où, sans laisser d'adresse, comme si elle était fâchée, mais il est évident qu'elle avait disparu d'une autre manière, personne n'avait disparu avec elle ; elle avait dû se lasser d'être une employée, se trouver un mari et changer de quartier, de ville, mais sa fille fut attristée par cette disparition si soudaine, étourdie, toute la famille s'en ressentit ; et dans son rêve elle revenait, avec un enfant dans les bras, et K. tendait ses deux mains pour prendre l'enfant, et il ne savait même pas comment le prendre parce qu'il n'avait jamais fait une chose pareille, mais il tendait ses deux mains et le prenait comme ça par-dessous, et recueillait l'enfant contre lui ; et quand il le regardait, l'enfant souriait, c'était un bébé, mais son visage était celui de sa fille.

Passion, compassion

I

Au début ça a été de la peur. Une grande peur. Peur qu'il fasse du mal à mon frère; à ma famille; peur qu'il me fasse du mal. Aujourd'hui c'est de la passion, vous pouvez me croire, une passion pure, une passion folle. À nous deux, la mienne et la sienne. Et la passion ne se juge pas, la passion advient. Et vous, madame, vous n'êtes pas venue ici pour me juger, n'est-ce pas?

Parfois je pense que ça a été la pluie. Je suis arrivée trempée, ma blouse fine toute collée au corps, l'eau dégoulinant de mes cheveux, le pantalon gouttant, j'étais là sans défense, comme un petit oiseau paralysé devant le serpent, grelottant de froid et morte de peur, une prisonnière, il pouvait faire ce qu'il voulait, me sauter dessus, me manger, m'écrabouiller. Plus tard, il a raconté qu'il avait connu ce jour-là sa meilleure trique. Excusez-moi de parler comme ça, c'est ma manière à moi.

Ce qu'il a fait? Ce jour-là il n'a rien fait. Il a envoyé quelqu'un chercher une serviette, a attendu que je me sèche, m'a laissé le temps de me calmer, il m'a même offert du cognac, pour repousser le froid, il a dit, un gentleman. C'est le jour d'après que c'est arrivé, quand je suis revenue avec les deux photographies de Zinho, dont il avait dit avoir besoin pour faire le passeport. Il a jeté les photos sur la table et m'a conduite dans une autre pièce, une sorte d'annexe, juste à côté, avec lit et toilettes, sans rien dire il a relevé ma robe, a baissé ma culotte et m'a empoignée. Je me suis abandonnée tout entière.

Si c'est ce que je voulais ? Je crois que oui, j'attendais ça bien sûr, parce que je m'étais préparée, vous savez ? J'étais allée chez le coiffeur, j'avais mis une robe décolletée et ample. J'avais perçu son regard le premier jour. Et si je m'étais refusée, à quoi ça aurait servi ? À rien. Une fois qu'on a mis le pied là-dedans, il n'y a pas de retour possible. Un homme si puissant, qui peut tout, quelle femme lui résiste ? Et le passeport n'aurait pas été délivré, n'est-ce pas ?

Mais ce qui compte, c'est que c'est devenu une passion. Et là, peu importe si le type est un bandit, s'il est marié ou célibataire, ou quoi que ce soit ; je ne sais pas si vous avez déjà vécu une passion, si on se refuse, ça ne fait qu'augmenter, ça devient une maladie, ça nous détruit. Ne croyez pas, madame, que la passion et l'amour soient la même chose, la passion c'est la folie, c'est l'aveuglement, la perte complète de notre discernement. C'est comme s'il m'avait hypnotisée. Parce que, quand j'y pense, comment c'est possible que je vive avec un homme dont tout le monde dit que c'est un monstre ?

II

Je sais ce qu'on dit de lui. Vous n'avez pas besoin de me le dire, madame. Vous croyez que je suis allée le voir pour quoi ? J'y suis allée tout comme vous, aujourd'hui, vous êtes venue ici. Pour demander. Pour implorer. Je savais que lui seul pouvait garantir le retour de mon frère. J'avais déjà tout tenté, vous savez ? Je suis avocate, je connais des personnes influentes, mais il n'y avait rien à faire. Zinho était trop dans la mouise avec les types en exil là-bas, il devait fuir, mais il n'avait pas de passeport. Il pensait à un sauf-conduit d'un autre pays, ensuite traverser la frontière, mais de cette manière, s'il était pris, le lendemain il pouvait être retrouvé mort, ou disparaître on ne sait comment.

Lui seul pouvait résoudre ça. Je l'avais entendu d'une personne importante, un avocat avec qui j'ai été plus ou moins associée jusqu'à ce qu'il entre au Tribunal suprême. Après il a pris sa retraite. Associée, c'est une façon de parler, je repérais un propriétaire avec un domaine rural dans la merde ou qui avait besoin d'argent et lui se jetait sur le type pris à la gorge. Il m'avait donné le numéro de téléphone et m'avait autorisée à parler en son nom. On m'a répondu tout de suite, vous croyez ça ? Avant la fin de la première sonnerie. C'est le numéro que j'utilise aujourd'hui encore. Une sorte de téléphone rouge. Il n'y a que moi qui l'ai, avec quelques hommes de là-haut.

Je l'appelle chef et il m'appelle gamine. Il m'a appelée gamine pour la première fois le jour où il m'a remis le passeport. Il m'a dit : Gamine, fais parvenir ça à ton frère, et on n'en parle plus, on ne parlera plus jamais de ces choses-là. Parfois, pendant qu'on baise, il m'appelle sa bombasse. Parfait, au lit c'est parfait. Mais en dehors de ça, c'est seulement gamine. Je ne suis pas quelqu'un qu'on appelle sa bombasse, n'est-ce pas ? Je suis femme et indépendante, j'ai une profession. Gamine, j'aime bien, c'est affectueux.

III

On a ce pacte-là, vous savez? Il ne demande pas ce que je fais et je ne demande pas ce qu'il fait. Ce n'est pas que je ne lui demande rien, c'est plus compliqué, comme tout entre un homme et une femme, n'est-ce pas ? Une fois j'ai lancé un nom, comme quelqu'un qui ne pense à rien de particulier, le matin, comme quelqu'un qui le lit dans le journal, et j'ai observé sa réaction. Il savait que ce n'était pas par hasard. Il est très perspicace. Mais il a fait semblant de ne pas savoir. Plus tard j'ai dû refaire ça à deux reprises. C'est un jeu qu'il accepte pour me faire plaisir. Il fait tout pour me faire plaisir. Il essaie de répondre sans répondre. Je n'abuse pas, je n'ai fait ça que ces quelques fois-là. J'ai appris à deviner, même s'il ne répond pas, s'il dit « écoute gamine, oublie ce nom-là », ou quelque chose de comparable, alors je sais déjà que le pire est arrivé. Une fois seulement il a réagi différemment, il a dit : « Ces journaux ne savent rien, va savoir si cette subversive est pas loin d'ici sous un autre nom » ; il a dit cela d'une manière qui m'a fait me douter que c'était lui-même qui avait libéré la fille… Il semblait se vanter.

Du calme, j'y viens, j'explique comment sont les choses, parce que c'est bien difficile… c'est délicat, vous devez essayer de comprendre, comme j'ai essayé de le faire. Vendredi dernier, j'ai répété ça, j'ai mentionné le nom de votre fils comme quelqu'un qui lit dans le journal. Et qu'est-ce qui s'est passé ? Rien qu'en m'entendant il s'est tendu. J'ai même pensé qu'il allait faire une bêtise. Et il m'a regardée très sérieusement, sa tasse de café immobilisée en l'air, il a laissé passer quelques secondes, comme quelqu'un qui pense à ce qu'il va dire ou qui veut se calmer, je raconte tout ça de cette façon, lentement, pour que vous ressentiez ce que j'ai ressenti, et il a dit : Gamine, oublie ça, ne prononce plus ce nom-là, ici ou ailleurs. Jamais plus. Là j'ai compris. Vous avez compris ? J'ai compris qu'il était mort, qu'il n'existait plus, qu'il est mort, excusez-moi, mais c'est ça, votre fils est mort, merde !

IV

Buvez un peu d'eau, c'est ça. Bien. Non, je n'ai pas d'enfants, mais je sais ce que vous ressentez parce que Zinho est pour moi un fils davantage qu'un frère. C'est pour ça que j'ai tout risqué pour lui. Je l'appelle Zinho parce qu'il était mon petit bébé, nous étions cinq frères et sœur, avec moi pour seule fille, moi qui avais douze ans quand Zinho est né, enfant tardif. Tous les autres grands déjà. Ma mère a fait une dépression post-partum, le bébé est presque mort de tant d'abandon, et c'est moi qui l'ai sauvé. Mes frères étaient déjà engagés dans la vie, occupés par les affaires. J'ai pris soin de Zinho comme d'un fils. Je ne lui ai seulement pas donné le sein parce que je n'avais pas encore de poitrine. J'ai été sa mère, sa véritable mère, toute sa vie. Et dire qu'aujourd'hui il ne me parle même plus ; qu'il me rejette comme si j'étais une lépreuse. Lui et les autres. Il n'y a que ma mère qui me parle. Les mères savent, les mères ne sont pas comme les autres personnes. Ma mère sait que j'ai fait revenir Zinho, que j'ai sauvé Zinho de la mort, alors qu'il ne pouvait pas s'échapper de là où il se trouvait parce qu'il n'avait pas de passeport. Dire qu'à cause de lui j'ai bouleversé ma vie et qu'aujourd'hui il me renie.

V

Si je n'ai pas imaginé que ça pouvait arriver ? J'ai eu un pressentiment, j'ai senti que je prenais un chemin dangereux et sans retour. Mais je n'ai pas eu le temps d'y penser. Cet après-midi-là, le jour où il pleuvait, quand il a répondu à la première sonnerie de téléphone, on aurait dit que mon cœur allait me sortir par la bouche. Mon ami avocat m'en avait fait la recommandation : Va droit aux faits, sans détours. Et c'est ce que j'ai fait. Et lui m'a demandé : Où êtes-vous en ce moment? J'ai dit : Dans une cabine, je viens de sortir de la salle de sport et je suis dans une cabine, et il a demandé : Vous pouvez venir ici tout de suite? Voyez-vous, c'était un test, je sais comment ça se passe parce que je suis avocate, j'ai fait ça bien souvent. Vous testez si le type est vraiment motivé, s'il est prêt à tout. Et moi qui savais que c'était un test, à prendre ou à laisser, qui avais ce pressentiment d'un chemin sans retour, mais qui n'avais pas le temps de penser, de peser les choses, j'ai dit : J'arrive, donnez-moi l'adresse et j'arrive. Bien sûr que je savais l'adresse. C'était pour avoir le signe, la confirmation, pour pouvoir arriver là-bas et dire, je viens parler avec machin, je suis attendue. Tout le monde connaît cet immeuble qui fait peur même de loin.

VI

Je connais l'histoire de ce prêtre qui s'est tué à cause de lui, je ne sais pas tout, mais ce que je sais me met déjà mal à l'aise. J'ai lu l'histoire. Quand je peux, je lis, en fin de compte, c'est mon homme. Nous n'en parlons pas, nous avons ce pacte, mais je veux savoir. J'ai besoin de savoir, d'essayer de comprendre. Comment il se fait qu'un homme pareil, si bon avec moi, puisse être si mauvais avec les autres. Je ne suis pas une sainte, quand je peux avoir le dessus, je le fais, mais des cruautés comme celles-là, de sa part, je vous avoue que cela m'effraie… Quand je l'ai lu, j'ai été prise de panique.

Une fois il m'a dit : C'est une guerre et dans la guerre ou bien tu tues ou bien tu meurs. C'est que pour lui un prêtre ne doit pas se mêler de politique. C'est aussi ce que je pense, sauf que m'est restée cette histoire de respect, que j'avais dans le Paraná, quand je pensais qu'un prêtre était un homme de Dieu. Petite fille, je priais beaucoup ; Zinho était un enfant faible, il était toujours malade et je priais pour qu'il guérisse, je n'avais personne à qui m'en remettre et je priais.

Une fois il m'a dit qu'un prêtre qui se mêle de politique n'est pas un prêtre, que c'est un terroriste. C'est alors que j'ai compris qu'il haïssait les prêtres. C'est une chose de ne pas les aimer, comme moi aujourd'hui je ne les aime pas. C'en est une autre de les haïr. Il disait prêtre et faisait une tête de dégoût, son visage s'altérait, son nez rougissait. Une autre fois il m'a dit : Ces prêtres sont tous des dégénérés. Je ne lui ai pas demandé, mais j'ai eu l'impression qu'un prêtre l'avait tripoté quand il était enfant de chœur. Je sais qu'il a été enfant de chœur parce que j'ai vu une photo.

Le jour où ils ont arrêté les dominicains, il a fait la fête. À ce qu'il semble, ils ont réservé un restaurant à Lapa juste pour eux ; l'équipe tout entière est allée manger et se bourrer la gueule. Je ne l'avais jamais vu aussi joyeux, comme s'il s'était libéré d'un poids. J'ai été au courant de cette orgie parce qu'ils l'ont organisée au téléphone et que j'ai écouté. Ce soir-là il est rentré tard et il m'a prise comme un taureau. C'est la seule fois que m'est revenue cette peur du premier jour. Ça a été une nuit difficile. J'en ai eu des palpitations, vous savez ? À un moment j'ai pensé que c'était moi qu'on torturait, qu'on étranglait, et non le prêtre. Au matin, quand je me suis réveillée, il était déjà parti. J'ai beaucoup réfléchi durant toute la matinée. Mais je n'avais même pas quelqu'un avec qui parler. Même mes frères m'ont abandonnée. C'est alors que je me suis rendu compte que j'étais devenue un animal solitaire, un animal comme lui, une femme maudite, que les voisins regardent avec dégoût, sans famille, sans amis, comme si j'étais la plus pute d'entre les putes. Juste lui et moi. Je crois que c'est pour ça que je reçois des gens comme vous, madame, ce n'est pas que je puisse faire quoi que ce soit, ce n'est pas non plus par simple compassion, c'est que de la sorte je me sens à nouveau une personne, même quand il me faut donner une mauvaise nouvelle.

VII

Sadique ? Pas avec moi. Jamais. Même pas cette nuit-là, quand ils ont arrêté les prêtres. Il lui est arrivé d'être possessif, mais pas sadique. Ce qu'il a, c'est la haine des communistes, ça oui, la haine et le mépris, je le remarque aux conversations qu'il a au téléphone, que j'écoute parfois. Si le type est un communiste, il y va franchement, il se donne carte blanche, il l'écrase comme si c'était un cafard. Il n'a un peu de respect que si le type est un dur. Parfois je pense que l'autre problème du prêtre, c'est de n'avoir pas résisté davantage, même si, en tant que prêtre, il devait en arriver là où il est arrivé de toute façon.

Il haïssait les prêtres davantage qu'il haïssait les communistes, vous pouvez croire ça ? Sa haine des prêtres était personnelle, c'était la sienne. Sa haine des communistes était différente, on la lui avait inculquée, c'est ce que j'ai compris, c'était une mission, il devait en finir avec eux d'une manière ou d'une autre, c'était un accord, pour se libérer des autres accusations, c'était un chantage des militaires au-dessus de lui.

Comprenez bien, je ne prends pas sa défense, je ne le justifie pas, en aucune façon. Mais croyez-vous que ces communistes étaient tous des saints ? Eh bien, sachez donc qu'il avait des informateurs dans tous ces groupes, ce n'était pas des policiers infiltrés, c'était des communistes qui trahissaient des communistes, c'était les chiens, il les appelait les chiens. J'entendais parfois au téléphone : Appelle le chien. Fixe un rendez-vous avec le chien.

Un jour je lisais le journal et j'ai parlé d'un écrivain qui avait été arrêté par les militaires et qui écrivait des histoires pour enfants. Et il a dit, celui-là c'est un beau fils de pute, j'ai même pas eu besoin d'allumer la cigarette, j'ai juste parlé d'aller chercher son fils et le type en a livré plus de cinquante, il a livré ceux qui en étaient et ceux qui en étaient pas. C'est la seule fois où il a admis qu'il torturait, cette histoire d'allumer la cigarette, d'aller chercher un fils, on a vu ça où ? J'ai horreur de ce genre de choses. La seule fois aussi où il a brisé notre accord qui lui interdisait de ramener à la maison les saletés de son travail.

VIII

Personne n'était censé le savoir. C'était ça, l'accord. D'abord parce qu'il est marié. J'en ai connu d'autres et lui a eu ses propres histoires. Personne ne doit s'en mêler. Je voulais que personne ne le sache. Surtout pas Zinho. Dès le deuxième jour je le lui ai demandé et il a été d'accord. Avec tout ce trafic là-devant jusqu'à l'aube, une quantité de bars et de restaurants, ça pouvait passer inaperçu. Et vous avez vu comment est l'entrée. On descend quelques marches et on entre directement. On n'a pas besoin de traverser un hall ni rien. Il vient presque tous les soirs, il dit à sa femme paralysée qu'il travaille. Jamais à la même heure et toujours dans une voiture avec une fausse plaque. Il descend à un coin de rue avant ou après. Ce n'est pas que pour le secret, c'est pour la sécurité. Maintenant pas tellement, depuis que Marighella est mort, il s'est relâché. Mais avant il était très rigoureux. C'est lui-même qui m'a avertie que mon téléphone était sur écoute, mais que c'était pour des questions de sécurité, et que parfois il avait un vigile. Il en arrivait un qui restait de l'autre côté de la rue, un peu avant qu'il entre ou qu'il sorte. Avant de sortir, il passait toujours un coup de téléphone.

Nous avions convenu qu'il ne répondrait pas au téléphone. C'est toujours moi qui répondrais et, le cas échéant, je lui passerais le téléphone. Il y avait un mot de passe. Au début c'était : Je veux parler au chef, après c'est devenu : Je veux parler au supérieur. Peu pouvaient téléphoner, c'était seulement pour les urgences. Mais voilà qu'il y a eu cet appel international. Le commissaire, s'il vous plaît ? C'est urgent. Et je lui ai passé le téléphone. Il n'y avait pas le mot de passe, mais, comme ça venait de l'international et que le type disait que c'était urgent, je lui ai passé. Et c'était pas du tout urgent, c'était un stratagème des communistes, ils avaient entendu une rumeur et ils voulaient confirmation. C'est après ça que Zinho s'est mis à m'éviter. Et le reste de la famille aussi. Puis le peu d'amis que j'avais. Mais mon plus grand chagrin c'est le rejet de Zinho. Je crois que c'est lui qui a voulu en avoir le cœur net. Aujourd'hui il n'y a plus aucun secret ; il répond au téléphone aussi bien que moi. En contrepartie, la sécurité a augmenté à nouveau.

IX

Je sais que mon histoire ne vous intéresse pas. Pas besoin de faire semblant. Pas besoin de remercier. C'est seulement que je trouve emmerdant de devoir donner une mauvaise nouvelle. Mais vous le saviez déjà, n'est-ce pas ? Ils le savent tous, ils font semblant d'avoir ce mince fil d'espoir, ou peut-être que c'est la culpabilité, ils croient qu'ils doivent continuer à chercher, continuer à se mentir, à s'occuper. Comme je vous l'ai dit, vous n'êtes pas la première à venir me voir. Je sais combien cela est important.

Soyons clair : venir voir quelqu'un comme moi, la maîtresse de ce monstre, ça n'est pas comme aller voir un général célèbre, qui défend le système mais ne s'est jamais sali les mains, ou un ami du gouvernement, ou même un geôlier qui ne fait qu'obéir aux ordres. Venir voir quelqu'un comme moi c'est la preuve qu'on a tout tenté, car on a même parlé avec quelqu'un comme moi. Je ne me fais pas d'illusions, je sais que les gens continuent à me considérer comme une femme sans pudeur, et qu'ils sont venus me voir justement pour ça, je suis même allé voir une pute. Est-ce que c'est pas ce que j'ai fait moi-même pour ramener Zinho ? Est-ce que j'y suis pas allée en robe ample et décolletée ? Et est-ce que c'est pas comme ça que tout a commencé ? Moi aussi j'ai besoin de vous autres, pour compenser tout ça, toute cette merde dans laquelle je me suis fichue. C'est pour ça que vous n'avez pas besoin de me remercier. C'est moi qui vous remercie.

X

Évidemment que je ne suis pas coupable de ma passion. Est-ce que quelqu'un est coupable de sa passion ? Maintenant, oui, nous nous comprenons. Nous nous parlons de mère à mère, maintenant nous nous parlons de femme à femme. Une femme n'est coupable que de renier sa passion. Le crime n'est pas la passion, le crime, c'est de se renier, un crime contre soi-même. Ça vaut pour la femme, ça vaut pour l'homme, n'est-ce pas ? Maintenant je vais vous dire une chose très intime. Parfois, quand on baise, je m'imagine pendant une fraction de seconde à la place d'une autre, et cette autre est une prisonnière en train de se faire violer. Ça me fait froid dans le dos. Je ne l'ai jamais raconté à personne, même pas aux prêtres.

J'ai cessé de me confesser il y a longtemps. Comme je l'ai dit, petite, dans le Paraná, j'étais très catholique, mon père aussi, Dieu le protège, mais le métier d'avocat nous change pas mal la tête, j'ai perdu ma croyance dans les prêtres, j'en suis arrivée à comprendre son mépris à lui. Un jour, alors que je vivais déjà avec lui, je suis allée me confesser, vous savez ? Quand j'ai été certaine que j'étais prise de passion pour lui et que lui aussi, j'ai pris peur et j'ai tout raconté au confesseur, j'ai dit avec qui je vivais et les horreurs qu'on raconte sur lui. Et vous savez ce que le prêtre a dit ? Il a dit que vivre charnellement en dehors du mariage, c'est pécher, mais que Dieu me pardonnait. Eh bien, donc pour lui le péché c'est ça ? Et le reste ? Et les morts, les tortures, ce sont pas des péchés ? Dormir avec quelqu'un qui faisait ça, c'était pas vivre dans le péché ? La fois d'après, le prêtre a dit que tout ce qui se passait était le dessein de Dieu. Là, j'ai cessé de me confesser.

XI

Évidemment que j'ai déjà pensé à l'abandonner. Avant, j'y pensais tous les jours. Non que la passion soit plus là. Elle est encore là. C'est pour le prix que je paye. Mais l'abandonner comment ? Et la peur de la séparation ? Ça n'est plus cette peur du premier jour, qui était déjà grande, peur du type cruel et sans scrupules, qui a le pouvoir de vie et de mort sur les autres, sur Zinho. Maintenant c'est cette peur-là plus la peur de la jalousie, de l'homme en colère parce qu'il a été abandonné. Combien ont déjà tué leur femme juste à cause de ça, même sans qu'elle se soit mise avec un autre ? Alors vous imaginez si cet homme est l'un de ceux-là ? Et aujourd'hui je me dis, à quoi ça sert ? Je suis déjà grillée, répudiée par mes frères, je ne peux pas voir mes neveux ;

marquée au fer rouge sur le front, comme on marque le bétail à la croupe dans le Paraná. Cette marque va rester pour toujours. De même que vous allez porter votre douleur jusqu'au jour de votre mort, moi aussi je vais porter cette marque jusqu'au jour de ma mort. Ma consolation c'est que j'ai sauvé Zinho. Vous n'êtes pas parvenue à sauver votre fils… c'est triste, très triste, il aurait pu en être autrement. Je vais vous reconduire jusqu'à la porte. Non, ne me remerciez pas, c'est moi qui vous remercie.

Un inventaire de souvenirs

Les photographies étaient en désordre, mélangées à des lettres et des négatifs. Il y avait aussi une liasse d'ordonnances médicales. K. avait trouvé la boîte bleue par hasard, derrière les volumes de son encyclopédie yiddish reliée de la même couleur. C'était comme si sa fille l'avait mise là exprès, afin que lui seul la trouve. Ou bien l'avait-elle cachée, afin que personne ne la trouve ?

Quand il vit les photos de sa fille dans des situations et des décors qu'il n'avait jamais imaginés, il perçut à nouveau tout ce qu'il avait ignoré et ignorait encore de sa vie. En plus de la pose avec ses deux amies, qu'il connaissait bien, et les photos prévisibles au travail, avec le tablier blanc du laboratoire, il y en avait d'autres, surprenantes.

Sur l'une d'elles, sa fille monte un cheval. Dans quelle propriété ou fazenda cela a-t-il pu se passer ? Sur une autre, elle tournoie au milieu d'autres danseurs. K. saisit les photos l'une après l'autre et les examine avec lenteur, vestiges précieux, morceaux de la vie de sa fille. Il tente sans succès d'identifier la ville, sur la photo de sa fille à côté d'un kiosque au centre d'une petite place.

Et ce n'est qu'à présent qu'il perçoit, sur ces fragments de temps et d'espace, combien sa fille était un être fragile. K. n'avait jamais imaginé que des photographies puissent susciter des sentiments aussi forts. Certaines semblent même vouloir raconter une histoire. Pour lui, seuls y parvenaient un Pouchkine ou un Sholem-Aleichem, avec la force des mots. Les photographies, pensait-il auparavant, n'étaient que l'enregistrement d'un épisode, la preuve qu'une chose est arrivée, ou des portraits, un document. Là, pourtant, se trouvent des photos de sa fille qui suggèrent délicatesse et sensibilité. Elles semblent capter l'âme de sa fille. Quelque chose de fantasmagorique se dégageait des photos de sa fille qui avait cessé de vivre, quelque chose qui tremblait.

Les photographies sont peu nombreuses et il n'y en a qu'une de sa fille petite, assise à côté de son deuxième frère, tous deux dans une carriole d'enfant. Elle doit avoir cinq ou six ans, lui dix ou onze, trop grand pour la carriole. Ils semblent s'amuser. Est-ce que c'est dans un parc de loisirs, ou au Jardim da Luz ?

Il se rappelle alors. C'était bien au Jardim da Luz. Il les avait emmenés se promener. Juste après, son frère l'avait poussée dans le lac, quand elle s'était penchée pour voir les carpes. La plaisanterie, qui l'humilia, était typique de la relation qu'ils avaient tous les deux. La photo de la carriole avait été prise par un photographe ambulant. K. n'a jamais su utiliser un appareil photo.

Il y a aussi les copies de deux photographies qu'il possédait déjà, le portrait de la remise de diplôme, solennel, où elle semble orgueilleuse mais circonspecte, légèrement de côté, de façon à accentuer son profil anguleux et son regard grave, et la photo où elle est assise au bord d'un lit ou d'un sofa, le visage très amaigri, les lèvres fines bien fermées et un regard d'angoisse extrême. On ne dirait pas des portraits de la même personne, il perçoit clairement cela à présent.

Ces deux photographies, il les avait apportées à la police, lorsqu'il avait fait enregistrer la disparition, puis à ce médecin de Rio de Janeiro. Pour d'obscures raisons, sûrement pas pour expier ses fautes, puisque ce genre de type est comme un animal, inconscient de ce qui est bien ou mal, ce médecin s'était proposé de reconnaître les disparus politiques qu'il avait pu observer lors des séances de torture. Il avait pour fonction d'empêcher que le supplicié ne meure avant de révéler ce que les bourreaux voulaient savoir. Pour ce rendez-vous, K. avait apporté également une unique photographie du mari de sa fille, qu'il avait obtenue de la famille. Ce n'est que maintenant, en fouillant la boîte bleue, qu'il en trouve une avec eux deux.

K. se repasse encore une fois, mentalement, sa rencontre avec le médecin ; l'aversion mal contenue qu'il avait ressenti en entrant dans la pièce. Devant le portrait solennel de la remise de diplôme de sa fille, le médecin avait fait un signe négatif péremptoire. Il ne la reconnaissait pas. Confronté à la deuxième photographie, celle du visage marqué par la souffrance, il avait répété son signe négatif, mais K. avait senti une hésitation. Ensuite, en voyant la photo du mari, nouveau signe négatif, mais cette fois K. était certain que l'homme avait été troublé. C'est pourquoi K. lui montra à nouveau les photos. Mais rien. Le médecin affirma encore ne connaître ni l'un ni l'autre. K. rentra à São Paulo frustré et malheureux, surtout parce qu'il était convaincu que le médecin savait quelque chose, mais n'avait pas voulu le révéler. Cela avait dû être quelque chose de terrible. C'était sa faute.

À mesure qu'il extrait d'autres photographies et les examine lentement, l'une après l'autre, en essayant d'identifier chaque décor, de deviner à travers les détails de la coiffure ou des vêtements le moment qui s'y trouve congelé, K. s'enfonce de plus en plus en lui-même. Il ne trouve aucune photographie de sa fille en compagnie de sa mère ou de son père ou de son frère aîné. C'est comme si elle n'avait eu ni mère ni père ; seulement un frère.

Son frère aîné, de fait, elle l'avait peu connu, parce que, à sa naissance, il s'était déjà rebellé contre sa famille et vivait dehors plutôt qu'à la maison. Elle devait avoir neuf ans lorsqu'il était parti vivre dans un kibboutz en Eretz Israel.

L'absence de photographies de sa mère s'expliquait par son aboulie permanente. À sa naissance, en pleine guerre, celle-ci était déjà épouvantée par les rumeurs de massacre de sa famille, en Pologne. La situation avait empiré par la suite : elle avait grandi aux côtés de sa mère détruite par la confirmation de ces massacres.

K. est troublé de ne pas trouver de photographies de lui avec sa fille, alors qu'elle était sa préférée, et qu'il l'emmenait tous les jours au collège, et la gâtait comme une princesse. Il se rend compte qu'il n'a jamais fait d'album de photos de sa fille. Toutes les familles compilent des albums de la sorte, sauf la sienne.

De son fils le plus vieux, l'aîné, sa femme avait constitué tout un album, depuis qu'il était bébé jusqu'à son mariage, puis tout maigre au kibboutz en Eretz Israel, puis ses petites-filles. Du second garçon, il avait ce photomontage, obligatoire à l'époque, de l'enfant souriant dans différentes postures. Ils l'avaient mis dans un joli cadre, mais d'album, non. Et pour sa fille, rien. Ni cadre ni album. Sa mère trouvait sa fille laide. K. le savait. Ça doit être cela, pense-t-il. Mais lui ne trouvait pas sa fille laide, et pourtant il n'avait pas fait d'album.

K. avait apporté d'Europe un album de portraits dans ces tons marron sous un voile sépia qui diffusait une certaine magie. Portraits de ses parents, de l'oncle Beni, qui plus tard partit se battre dans l'Armée rouge, de ses frères à Berlin, de la vieille maison qu'ils habitaient à Włocławek. Et les photographies de ses amis lettrés, tout le groupe réuni, à Varsovie. Lui, jeune, au milieu déjà de ces gens importants. Il était particulièrement fier de cette photographie à côté du grand écrivain Joseph Opatoshu. Il se rappelle que sur les deux dernières pages vides, sa femme avait collé des portraits de ses fils, pas plus de deux ou trois, et une photographie de sa première petite-fille. Mais aucun portrait de sa fille.

K. est impressionné par la série de photographies prises à Parati, en 1966, comme il est écrit au verso de certaines d'entre elles. Même si l'on perçoit également sur ces photos la douce fragilité de sa fille, elle semble une femme mûre, pleine, elle a le visage serein de quelqu'un qui est en train de vivre un bon moment. Ses cheveux rejetés en arrière forment un volume discret. Elle se montre élégante sur toutes ces photographies.

Huit ans plus tard, la tragédie. K. essaie de deviner dans cette poignée d'instantanés quelle pourrait être la dernière image de sa fille. Il revient à la photo du visage attristé, celle qu'il avait apportée à la police et à ce médecin. Il en découvre quatre autres, prises à la suite, dans le même décor du bord de lit ou d'un divan, la même blouse légère à petites fleurs, le même visage abattu, le même regard fermé par la détresse. Là, il en a la certitude, elle était déjà en train de vivre les présages du pire.

K. referme la boîte et la replace là où il l'a trouvée. Il pense que s'il avait apporté à ce médecin de Rio un album tout entier avec des photographies de sa fille, depuis sa naissance jusqu'à la veille de sa disparition, suivant toute sa vie, montrant toutes ses facettes, peut-être l'homme l'aurait-il reconnue et aurait fait la lumière sur ce qui s'était passé. Mais il n'avait pas d'album de photographies de sa fille. Tellement occupé par la littérature et par ses articles pour les journaux, il n'y avait jamais pensé.

La thérapie

Son visage est bien proportionné, mais inexpressif, les lèvres fines et les yeux petits et ternes ; ses vêtements sont anodins, blouse et jupe grises comme un uniforme de travail. Elle a les cheveux courts, noirs et gras. Elle est petite et robuste. Elle entre hésitante dans le cabinet de la psychologue, en se frottant les mains et en regardant par terre. La thérapeute relit une fiche et l'invite à s'asseoir.

« Jesuína Gonzaga, vingt-deux ans, on dit que tu n'arrives pas à dormir, que tu souffres d'hallucinations et que tu as besoin d'une autorisation médicale pour suivre un traitement, c'est bien cela ? Tu es venue à cause des hallucinations ? »

« Je suis venue parce que la direction l'a ordonné. Ça doit être écrit sur le papier de l'entreprise que je suis très perturbée et que je n'arrive pas à travailler. »

« Oui, c'est ce que dit le médecin de l'Ultragás. Tu travailles dans quoi, Jesuína ? »

« Je fais le ménage ; avant, j'aidais à la cuisine, mais ils criaient beaucoup ; j'ai demandé qu'on me change de poste, pas forcément pour le nettoyage. Mais au nettoyage aussi, n'importe quoi me rend nerveuse et je me mets à trembler, je deviens faible et je dois m'appuyer quelque part ; trop de saleté aussi me rend nerveuse. »

« Ils doivent beaucoup t'apprécier pour ne pas te renvoyer, non, Jesuína ? Dis-moi une chose, quand ils t'ont embauchée, tu as passé les examens médicaux ? Ou bien as-tu commencé à te sentir mal après avoir été embauchée ? »

« J'ai fait aucun examen… ils vont pas me renvoyer ; ils ont garanti, ils m'ont dit de pas m'inquiéter ; puis ils ont eu cette idée de l'autorisation médicale, ils ont même parlé de pension pour invalidité, mais pour ça il faut d'abord obtenir l'autorisation médicale, c'est ce qu'ils m'ont expliqué. Là-dessus ils sont vraiment emmerdants. Tout plein de secrets. Mais ils sont bons avec moi ; c'est les gens d'en haut qui m'ont placée là. »

La thérapeute examine à nouveau la fiche. Il arrive souvent qu'on engage quelqu'un sans faire d'examen quand c'est pour un travail tout simple, comme le nettoyage. Ou alors ils externalisent, pour ne pas s'en occuper. Mais elle dit qu'elle a été recommandée par des gens d'en haut… est-ce qu'elle serait la petite amie d'un directeur, même si elle n'est pas jolie du tout ? Ou est-ce qu'il y a une autre relation, peut-être est-elle la fille illégitime de l'un d'eux ? Curieuse, la thérapeute encourage la jeune fille à parler :

« Et que souhaites-tu ? La pension ? »

« Qui n'aimerait pas gagner de l'argent sans travailler… mais le mieux ça serait vraiment de guérir. Être bien, comme les autres. Je sens beaucoup de bruit dans ma tête, je veux sortir tout ça de ma tête et j'y arrive pas. Je voudrais me trouver un amoureux sérieux, m'amuser, mais les collègues ne m'invitent même plus, elles disent que je suis chiante, que je suis toujours déprimée… »

La thérapeute est peinée ; la gamine a l'âge de sa fille. Elle demande :

« Tu as essayé un traitement avant que la direction t'envoie ici ? »

« Je prends des pilules pour dormir ; le médecin de l'entreprise me donne l'ordonnance, c'est un médicament qui exige une ordonnance, mais ça marche de moins en moins… »

La jeune fille hésite quelques secondes, puis reprend la parole de manière plus décidée :

« Il y a quelque chose que j'ai pas dit ; quand je deviens nerveuse, je saigne, comme à cette époque... Il suffit que le chef m'engueule, ou que quelqu'un élève la voix ou que je devienne nerveuse pour une raison ou une autre, et je saigne, c'est plutôt pour ça qu'ils me supportent pas. Avant d'entrer dans l'entreprise, je saignais déjà de temps en temps, mais ça a empiré, avant c'était seulement quand j'avais vraiment très peur, quand j'étais effrayée ; maintenant, la moindre petite chose et je saigne. Je suis toujours sur mes gardes, comme à cette époque. »

La thérapeute demande d'une manière informelle, tout en faisant semblant de lire la fiche :

« Jesuína, qui sont ces gens d'en haut, qui t'ont donné le poste ? »

La jeune fille baisse les yeux et ne répond pas. La thérapeute répète sa question, fixant à présent les yeux de la fille, qui reste muette.

« Jesuína, ici je suis le médecin, je ne suis pas le chef, et ici ça n'est pas l'entreprise, ici c'est l'INSS, il n'y a pas de patron, je n'ai rien à dire à personne, je ne peux t'aider que si tu es sincère avec moi. Je sais que certaines choses sont difficiles à raconter, mais tu dois faire un effort... Jesuína, quel est ce bruit que tu veux sortir de ta tête, qu'est-ce que tu veux sortir de ta tête ? »

La jeune fille reste silencieuse, les épaules un peu plus abattues, regardant toujours le sol.

« Jesuína, s'ils sont allés jusqu'à parler de pension pour maladie c'est parce que tu ne dois vraiment pas aller bien, donc il s'agit de ta santé, comme tu l'as dit toi-même, tu n'as que vingt-deux ans... »

Jesuína demeure muette. La thérapeute s'irrite et dit, en se contrôlant pour ne pas élever la voix :

« Et puis ici c'est un service public, cela ne veut pas dire que je vais te traiter plus mal que je ne traiterais un patient privé, mais ici il y a une file de gens qui attendent qu'on s'occupe d'eux, et si tu ne collabores pas, si tu ne veux pas parler, je devrai donner la place aux autres, je te donne une ordonnance pour des pilules pour dormir, une autre pour être en forme, je te demande de revenir dans six mois et basta... Est-ce que c'est ce que tu veux ? »

Jesuína montre une hésitation, mais ne répond toujours pas.

« Jesuína, est-ce que c'est ce que tu veux ? »

Finalement la jeune fille parle, mais sa voix est ténue, à peine audible, et son rythme est lent.

« Celui qui m'a trouvé cet emploi, c'est un commissaire, le commissaire Fleury. »

« Le Fleury de l'escadron de la mort ? C'est de lui que tu parles, Jesuína ? De Sérgio Paranhos Fleury ? »

La thérapeute se lève de son siège, stupéfaite, elle ne peut pas rester debout, pour ne pas effrayer la gamine, elle se rassoit, lentement. Elle craint d'être en train de se mêler d'une chose dangereuse. Mais la curiosité supplante la peur. Est-ce donc la vérité, ce que dit la gamine ?

« Lui-même. Je rendais des services à Fleury ; quand tout a été terminé et que la maison a été fermée, il m'a trouvé cet emploi. Il était très ami avec le propriétaire de l'entreprise, un étranger, le docteur Alberto. Cet étranger a été tué par des terroristes. Mais Fleury a parlé avec d'autres personnes de la direction et ils m'ont engagée. »

La thérapeute essaie de camoufler son épouvante ; elle simule l'incrédulité :

« Tu dis que tu rendais des services à Fleury, je ne comprends pas – et les hallucinations ont quelque chose à voir avec ça ? »

La jeune fille semble décidée à présent à se confier. Elle parle clairement, quoique avec des hésitations :

« C'est compliqué, je dois commencer par le début : Fleury

m'a sortie de la prison pour femmes de Taubaté et m'a amenée dans cette maison. Il m'a obtenu une conditionnelle et m'a emmenée pour aider. Je restais en haut, je faisais le café, je préparais des sandwichs, je balayais, j'apportais de l'eau aux prisonniers, je nettoyais quelques cellules… »

Jesuína hésite puis ajoute : « À chaque fois qu'il venait il m'emmenait aussi dans son lit… »

« C'est pour ça que tu as ces saignements et ces hallucinations, il te forçait ? »

« Non, ça me gênait pas, j'y allais parce que j'y allais, j'aimais bien. Les hallucinations ont commencé après, après que la maison a été fermée… »

« La maison, qu'est-ce que c'est que cette maison, Jesuína ? Comme tu en parles on dirait un bordel… pardonne-moi le mot. »

« Non, rien de tout ça, vous avez pas compris. C'était une prison, mais déguisée en maison. Parfois il m'envoyait écouter ce qu'un prisonnier ou une prisonnière disait ; je faisais le ménage ou j'apportais de l'eau, et c'était pour me faire gentille, voir s'ils me passaient pas un papier, un numéro de téléphone, je devais faire semblant d'avoir de la peine, me proposer pour avertir la famille, ces choses-là. Parfois ils y croyaient et ils me passaient un papier. Je le remettais directement à Fleury. Je faisais semblant d'être prisonnière moi aussi, d'être prisonnière et obligée de faire le ménage ; s'ils m'interrogeaient, je devais dire que j'avais tué mon beau-père parce qu'il me violait et que j'avais été réclamée à Bangu pour venir faire le ménage. C'était l'histoire que je devais raconter, mais juste par petits bouts, juste pour avoir leur confiance. Une fois on m'a placée dans une cellule avec une prisonnière. Ça a été la seule fois. »

« Et cette histoire que tu aurais tué ton beau-père, Jesuína, c'est la vérité, ou c'est une invention ? »

« C'est un mensonge, il est pas mort du tout, j'ai essayé, mais c'était un petit couteau de rien du tout et j'avais que treize ans. Il m'a violée pour la première fois quand j'avais douze ans. Il a attendu que ma mère parte au travail et il m'a violée. J'ai jamais oublié, un animal, j'ai perdu du sang, quand j'ai vu tout ce sang dans le lit, j'ai cru que j'allais mourir. Les saignements ont commencé à cause de ce beau-père. À chaque fois qu'il venait, avant même qu'il me prenne, je me mettais à saigner. Alors je me suis enfuie de la maison et j'ai touché à la drogue. J'ai connu un type qui m'a aidée à quitter la maison. Je ne suis jamais revenue. Je suis allée à la prison pour femmes à cause de la drogue, pas à cause du beau-père. Ce type faisait du trafic et j'ai fini par me mettre dans le pétrin. »

« Les prisonniers dont tu devais gagner la sympathie, ils croyaient à ton histoire ? »

« Ils avaient pas le temps d'y croire ou de pas y croire. Ils restaient pas plus d'un ou deux jours. Fleury disait que j'avais pas besoin d'inventer beaucoup, si les prisonniers m'interrogeaient je devais m'en tenir à l'histoire du beau-père. Fleury arrivait avec le prisonnier ou alors un peu après ; il venait de São Paulo, vous savez, et le soir même ou le lendemain matin il faisait l'interrogatoire, et après les prisonniers disparaissaient, et quelques jours plus tard il en venait d'autres. »

La thérapeute, stupéfiée, sent ses mains qui tremblent, feint de prendre des notes sur la fiche, mais n'y parvient même pas. Elle prend un peu d'eau, en se servant d'une carafe qui se trouve sur la console à côté d'elle, en offre à Jesuína, qui accepte. Elle a besoin de réfléchir. Elle est terrifiée par ce qu'elle entend, mais en même temps elle veut en savoir davantage. Des visages d'anciens collègues et d'amis lui passent par la tête comme un tourbillon. Elle sent que Jesuína détient un lourd secret. Elle demande, délicatement :

« Est-ce que tu t'es soignée pour ces saignements ? Est-ce que tu as suivi une thérapie ? »

« Non, j'ai suivi un traitement que pour sortir de la drogue. Quand Fleury a fermé la maison, j'ai été internée dans une villa à São Bernardo. Une villa des prêtres, j'y suis restée six mois, j'ai guéri et Fleury m'a trouvé un emploi dans une caserne à Quitaúna, mais là je suis retombée dans la drogue, alors je suis repartie à la clinique et là je crois que j'ai guéri pour de bon. Ça fait trois ans et six mois que je touche à rien. »

La thérapeute laisse passer à nouveau quelques secondes et demande :

« Tu parles beaucoup de cette maison que Fleury a fermée, comment était cette maison, Jesuína ? Où se trouvait-elle ? »

La jeune fille ne répond pas.

« Jesuína, tu n'as pas besoin de tout dire d'un seul coup, ni de dire ce que tu ne veux pas dire, mais, pour que tu guérisses, il faut affronter le passé, il faut expulser les choses qui te gênent, qui provoquent tes hallucinations, tes saignements ; est-ce que ça a à voir avec les prisonniers de cette maison ? »

Jesuína reste muette, ses épaules plus courbées encore.

« Jesuína, parle-moi un peu de cette maison, dis ce qui te passe par la tête, ce dont tu te souviens, jette tout ça au-dehors, ça va te faire du bien. »

« C'était une maison comme n'importe quelle autre, mais grande, sur une hauteur, tout en haut de la colline, à Petrópolis. C'était une rue ordinaire, que des grandes maisons, des gens riches, et aussi avec de grands jardins ; celle-là avait un grand mur tout autour et sur les côtés c'était des terrains avec de la forêt, on pouvait rien voir de ce qui se passait là-dedans. Quand les voitures arrivaient, le portail s'ouvrait, automatiquement, les voitures entraient avec le prisonnier et ils l'emmenaient tout de suite en bas, là où se trouvaient les cellules. Il y avait que deux cellules. Moi je restais presque toujours dans la partie d'en haut, qui donne sur la rue. En bas, en plus des cellules, il y avait aussi une partie fermée, où ils interrogeaient les prisonniers, c'était quelque chose de pas beau les cris, aujourd'hui encore j'entends les cris, il y a beaucoup de cris dans mes cauchemars. Encore plus bas, au fond du jardin, presque au bout de la butte, il y avait quelque chose, une sorte de dépôt ou de garage. La pièce fermée où ils interrogeaient les prisonniers, parfois je devais la nettoyer, mais là en bas dans le dépôt ils m'y ont jamais envoyée… »

La thérapeute demande d'une voix douce :

« Que se passait-il là en bas, Jesuína ? »

Mais Jesuína fait celle qui n'entend pas et poursuit :

« … je servais les prisonniers, je nettoyais les cellules, j'essayais de me faire gentille. Leur visage était bon à faire peur, les yeux écarquillés ; ils tremblaient, certains parlaient tout seuls, d'autres on aurait dit qu'ils étaient déjà morts, ils étaient comme ça à moitié évanouis… »

« Tu as dit que les prisonniers, après quelques jours, disparaissaient, où allaient-ils ? »

La jeune fille ne répond pas.

« Tu parlais de cette autre chose, là en bas. »

Jesuína semble à présent se souvenir, se parler à elle-même :

« Un jour est apparu un garçon si beau, vous savez, maigre, délicat, mais, le pauvre, sa jambe était tout ensanglantée, une blessure énorme, en train de s'infecter, et eux, au lieu de la soigner, ils y jetaient du sel… Il est resté trois jours, puis ils l'ont emmené là en bas… J'ai jamais oublié son visage, si délicat, si beau, sa jambe qui n'était plus qu'une blessure, celui-là je l'ai aidé pour de vrai, avec le cœur, pas pour faire semblant, mais il arrivait même plus à parler… »

« Tu te rappelles son nom ? »

« Il était si délicat. Il est arrivé à me dire son prénom, Luiz ; que ça, Luiz, puis il m'a passé un numéro de téléphone, mais j'ai été si effrayée que j'ai perdu le papier, je l'ai pas donné à Fleury, je crois que c'était le téléphone de sa mère... »

« Tu parlais de cette chose-là en bas... »

« À chaque fois qu'un nouveau prisonnier arrivait, venait le docteur Leonardo, un médecin de Rio ; quand le prisonnier se sentait mal pendant l'interrogatoire, il allait dans cette pièce fermée et l'examinait. Si le docteur Leonardo s'en allait, je savais que c'était la fin, qu'ils en avaient fini avec ce prisonnier, qu'ils l'emmèneraient bientôt là en bas... »

« Fini avec ce prisonnier... », la thérapeute répète ces mots pour elle-même. Elle allait interroger la jeune fille, mais celle-ci reprend déjà son récit :

« Un jour ils ont amené deux messieurs, ils devaient déjà avoir plus de soixante ans, bien habillés, en complet, ils en ont mis un dans chaque cellule, ceux-là ils ne les ont jamais frappés, ils les ont vite emmenés là en bas, d'abord un, et deux heures après ils ont emmené l'autre... »

La thérapeute demande :

« Tu as dit au début qu'une fois tu as été en cellule avec une prisonnière, pourquoi t'es-tu souvenue de cela ? »

« Parce que cette fille me sort pas de la tête, elle avait un de ces visages qu'on oublie jamais ; ils l'avaient amenée un après-midi, pas le soir, c'était une fin d'après-midi, elle avait des marques sur le bras, je crois qu'ils lui avaient forcé ou tordu le bras, mais elle avait pas été frappée au visage, j'ai retenu la force de son visage à cause de ce qui s'est passé après. »

« Oui, que s'est-il passé après ? »

« Ils m'ont mise dans sa cellule, sans rien dire, et j'ai essayé de parler avec elle. Elle m'a dit son nom et après elle a plus rien dit. Elle a dit son nom complet, je crois bien, mais je l'ai pas retenu parce que c'était un nom compliqué. Elle l'a dit comme ça à voix haute comme quelqu'un qui sait qu'il va mourir et qui veut laisser son nom, pour que les autres le sachent. »

« Et après ? »

« Après, Fleury est arrivé, il faisait déjà nuit. Il m'a appelée et m'a interrogée à propos de la fille et j'ai dit que rien, qu'elle avait dit que son nom et après s'était tue… Alors il m'a ordonné d'y retourner. La fille était comme une statue, elle était à la même place, muette de la même manière. »

Jesuína se tait tout à coup.

« Jesuína, la fille, tu parlais de cette fille. »

« Fleury m'a ordonné de descendre et de rester encore avec la fille, pour voir si elle dirait quelque chose de plus. À l'aube est arrivé le docteur Leonardo. D'en bas j'ai deviné que c'était le médecin et je l'ai prévenue tout bas, quand vient le médecin c'est parce qu'ils vont te maltraiter, faire quelque chose de pas bien. Peu après ils sont venus la chercher. C'est à ce moment-là qu'elle a mis tout à coup un doigt dans sa bouche et a fait comme quelqu'un qui mâche fortement et quelques secondes plus tard elle a commencé à se tordre. Ils avaient même pas ouvert la cellule, elle est tombée sur le côté en gémissant, le visage horrible à voir, et peu après elle était morte. Elle semblait morte et elle était vraiment morte. »

« Sais-tu ce qui s'est passé ? »

« Ils ont dit qu'elle avait pris du poison, qu'elle avait du poison dans la bouche, prêt à avaler. Fleury cette nuit-là est devenu fou, il a engueulé tout le monde, ça a été un vacarme terrible. Ensuite il a ordonné qu'on l'emmène là en bas. »

« Là en bas, là en bas, à la fin qu'y avait-il là en bas ? »

La thérapeute s'impatiente.

« Il y avait un tambour. Un de ces grands tambours en métal. Il y avait ce garage tourné vers le fond, qui ressemblait à un dépôt de ferraille ; ils emmenaient les prisonniers là-bas et quelques heures après ils ressortaient avec des sacs de toile bien attachés, ils mettaient les sacs dans une camionnette stationnée près du portail de la rue, prête à partir, et ils s'en allaient. Je crois qu'ils emportaient ces sacs très loin parce que cette camionnette mettait toujours une journée entière pour revenir. Alors ils lavaient tout là en bas au jet d'eau, ils frottaient, versaient du désinfectant. Ils jetaient des vêtements et d'autres choses dans le tambour et ils y mettaient le feu. Deux ou trois fois ils m'ont appelée pour aider au nettoyage du sol en ciment autour du garage. C'était toujours les deux mêmes qui faisaient ça. Deux types de la PM originaires du Minas, on les appelait comme ça, les PM mineiros, jamais par leurs noms. Toujours les deux mêmes. Ils étaient toujours ivres, ces deux-là. »

« Sais-tu ce qu'ils faisaient avec les prisonniers ? »

Jesuína ne semble pas entendre. La thérapeute répète sa question de manière plus emphatique.

« Que faisaient-ils là en bas avec les prisonniers, Jesuína ? »

« Les prisonniers étaient emmenés là-bas, toujours un seul à la fois, et je les revoyais jamais. D'en haut je voyais par la fenêtre qu'on les emmenait à l'intérieur de ce garage, j'ai jamais vu sortir l'un d'entre eux. J'ai jamais vu aucun prisonnier sortir. Jamais. »

« Mais qu'y avait-il à l'intérieur de ce garage, Jesuína ? »

Jesuína porte ses deux mains à la tête, comme pour se boucher les oreilles, reste dans cette position, muette et tête baissée ; ensuite elle tire son siège tout près de la thérapeute et murmure, comme quelqu'un qui partage un secret :

« Une fois, je suis restée seule presque toute la matinée, les PM mineiros étaient sortis très tôt avec la camionnette en disant qu'il n'y avait plus de sacs de toile, l'endroit où ils les achetaient était loin, ils allaient tarder. Fleury était déjà reparti à São Paulo à l'aube. Moi, toute seule pour surveiller. Alors je suis descendue jusque-là en bas, je suis allée voir. Le garage avait pas de fenêtre, et la porte était verrouillée avec un cadenas et une chaîne. Une porte en bois. Mais j'ai regardé par un trou qu'ils avaient fait pour passer le tuyau d'eau. J'ai vu des crochets pour pendre de la viande comme dans les boucheries, j'ai vu une grande table et des couteaux comme ceux d'un boucher, des scies, un marteau. C'est avec ça que je fais des cauchemars, je vois ce trou, des morceaux de gens. Des bras, des jambes, coupés. Du sang, beaucoup de sang. »

Jesuína se met à sangloter, d'abord un gémissement sourd ; bientôt les pleurs s'accélèrent et elle est prise de convulsions, glissant lentement de son siège ; la thérapeute la saisit avant qu'elle ne s'effondre et la met debout, en la prenant dans les bras.

L'abandon de la littérature

Depuis qu'il avait gravi attentivement, marche après marche, l'escalier de l'archevêché pour rencontrer l'archevêque, K. avait pensé mettre par écrit ses pensées, ses observations, tellement avaient été fortes les impressions de ce jour-là, en plus de son symbolisme tout particulier, une autorité de l'Église catholique, cette même Église qui avait eu un Torquemada, qui maintenant l'accueillait, engagée profondément, avec sincérité, pour retrouver sa fille, ce que même les rabbins n'avaient pas fait.

Les jours avaient passé, les semaines, les mois, et il n'avait rien écrit. À présent, il avait des remords, il aurait dû tenir au moins un journal de ses contacts, de ses recherches. À présent, alors qu'il n'y avait déjà plus d'espoir, alors que ses jours s'écoulaient avec peine, dans l'agonie de ne plus avoir quoi chercher et à qui parler, il ne lui restait vraiment plus qu'à reprendre son métier d'écrivain, non pas pour créer des personnages ou imaginer des intrigues, mais pour affronter sa propre infortune.

Il décida qu'il écrirait sa grande œuvre, seule manière de rompre avec tout ce qu'il avait écrit auparavant, de se racheter d'avoir prêté tant d'attention à la littérature yiddish, au point de ne pas percevoir les signes de l'engagement de sa fille dans le militantisme politique clandestin, si criants, pour certains, qu'il s'agissait sans aucun doute d'appels au secours déguisés que lui, la tête ailleurs, ne percevait pas.

Il commença comme il avait toujours commencé : en notant des observations ponctuelles au moment même où elles apparaissaient, sur des petits bouts de carton découpés dans les boîtes de chemises vides ; dans un second temps, il rassemblerait ces bouts de carton en petits tas distincts et il composerait son récit, toujours en yiddish, toujours à la main. Après seulement, comme il le faisait pour envoyer des textes aux journaux et revues, il le taperait sur sa machine spéciale aux caractères de l'alphabet hébraïque qu'il avait rapportée de New York.

Parce que le yiddish employait l'alphabet hébraïque mais présentait une syntaxe germanique, ses ennemis, dont Ben Gourion lui-même, le traitaient d'idiome monstre, de Frankenstein linguistique. Les monstres ce sont eux, eux qui en Eretz Israel ont méprisé une langue si expressive et qui compte de si grands écrivains, se plaignait sans cesse K.

K. en vint à composer différentes fiches en consignant épisodes, dialogues, décors. Mais, lorsqu'il essaya de les réunir en un récit cohérent, il y avait quelque chose qui ne marchait pas. Il ne parvenait pas à exprimer les sentiments qui s'étaient emparés de lui dans bien des situations par lesquelles il était passé, par exemple lors de sa rencontre avec l'archevêque.

C'était comme si manquait l'essentiel ; c'était comme si les mots, bien que scrupuleusement choisis, au lieu de montrer pleinement ce qu'il ressentait, au contraire, dissimulaient ou amputaient la signification principale. Il ne parvenait pas à exprimer son malheur dans la sémantique limitée du mot, dans la délimitation par trop précise du concept, dans la banalité de l'expression idiomatique. Lui, un poète primé de la langue yiddish, échouait à atteindre par le mot la transcendance désirée.

S'agissait-il d'une limitation de la langue yiddish ? Était-ce que ce peuple tellement maltraité ne parvenait pas à exprimer sa souffrance dans sa propre langue ? C'était impossible. Même si ce n'était qu'au cours de ces cent dernières années qu'était apparue une véritable littérature yiddish, la langue elle-même avait déjà plus de mille ans et, avant le génocide, elle était parlée par plus de dix millions de personnes.

En outre, pondérait K., si le yiddish était une langue aux diminutifs affectueux, une langue domestique d'artisans et de gens très pauvres, de charretiers et de marchands ambulants, cela faisait une raison de plus pour qu'il puisse exprimer ses sentiments en yiddish ; voyez les contes de Sholem-Aleichem et Bashevis Singer.

Mais il n'y parvenait pas. Était-ce parce que son yiddish était trop châtié pour exprimer l'abjection de ce qui lui était arrivé ? Il avait horreur des gros mots, comme toute sa génération, éduquée au heder ; même en abandonnant la religion, elle ne s'était jamais libérée de cette pudeur linguistique.

Peu à peu K. se rendit compte qu'il y avait un obstacle plus important. Bien entendu, les mots limitent toujours ce que l'on veut dire, mais ce n'était pas là le problème principal ; son blocage était d'ordre moral, et non linguistique : c'était une erreur de faire de la tragédie de sa fille un objet de création littéraire, il n'y avait pas de plus grande erreur. S'enorgueillir d'écrire joliment sur une chose si laide. D'autant plus que c'était à cause de ce maudit yiddish qu'il n'avait pas vu ce qui se passait juste sous ses yeux, les stratagèmes de sa fille pour éviter qu'il lui rende visite, ses voyages soudains sans dire où elle allait.

Il se rappela le jour où, pressée – peut-être effrayée –, elle avait fait irruption dans sa réunion du samedi avec les écrivains et qu'il lui en avait fait le reproche, sans même la regarder dans les yeux, sans essayer de savoir ce qu'elle voulait. Imaginez donc, faire de la littérature avec un épisode pareil. Impossible.

Ce soir-là K. déchira ses fiches de notes ; il les réduisit en petits morceaux minuscules afin qu'il n'en reste rien et il jeta tout cela à la poubelle. Il jura de ne jamais plus écrire en yiddish. Il donna presque raison à Ben Gourion, qui accusait le yiddish d'être la langue des faibles, de ceux qui se sont laissé tuer sans réagir, comme dans l'attente d'une punition pour des fautes connues ou inconnues.

Il fut également poussé à prendre cette décision par un détail : il voulait raconter à ses petites-filles en Eretz Israel tout ce qui s'était passé. Et ses petites-filles ne connaissaient pas le yiddish, seulement l'hébreu. Ce même soir, K. écrivit sa première lettre à sa petite-fille en Eretz Israel, dans un hébreu impeccable, comme il l'avait appris enfant au heder. Ainsi n'était-il plus l'écrivain renommé occupé à faire de la littérature avec le malheur de sa fille ; il était le grand-père léguant à ses petits-enfants le témoignage d'une tragédie familiale.

Le livre de la vie militaire

« Celui-là vendrait sa propre mère. »

L'homme est emphatique et précis, comme on l'attend d'un général quatre étoiles. Il a recours à des images grossières par habitude, car à la caserne cela était de bon ton. Préparé pour commander, son propos est bref et fort, même s'il ne donne plus d'ordres. Il a été destitué du commandement et exclu de l'armée pour s'être opposé au coup d'État.

Les cheveux déjà blancs, mais encore robuste et ferme, il dresse l'inventaire de ses anciens collègues et subordonnés. Il ponctue froidement, comme s'il classait une collection d'arachnides. Sur la table, ouvert devant lui, l'almanach de l'armée, la liste de tous les officiers, depuis le grade de lieutenant, des trois corps de l'armée : l'infanterie, la cavalerie et l'artillerie.

Son frère plus jeune, chirurgien renommé, a opéré et peut-être sauvé de la mort bien des entrepreneurs et des banquiers qui se sont engagés dans le coup d'État. Le général n'a pas été épargné pour autant. L'injustice de sa dégradation a affiné sa perception critique et a délié plus encore sa langue, car on voit que, tout militaire qu'il est, c'est quelqu'un de fin.

« Celui-là, en plus de vendre sa mère, il la livrerait. »

L'almanach ressemble à une liste téléphonique. Des sigles minuscules, à la suite de chaque nom, désignent les étapes de la carrière de l'officier depuis son entrée à l'académie militaire ; enregistrent chaque changement de poste ; chaque classement à l'école de cadets et dans les cours de spécialisation et de perfectionnement. Divisé en trois sections, une pour chaque corps de l'armée, c'est le livre de la vie militaire.

« Et celui-là a été le premier de la classe. »

L'un d'eux qui a obtenu la première place de sa promotion à l'académie militaire sera toujours désigné comme le « premier de la classe ». Mais quelle surprise ! Notre armée est-elle donc tellement civilisée qu'y prévaut le critère de l'érudition et, pourquoi pas, de l'intelligence ? ou celui de l'application à l'étude et dans l'acquisition des connaissances ? Une armée qui donne la priorité à l'excellence intellectuelle ?

Ce n'est pas exactement comme cela.

« Des qui étudient, seulement ceux de l'artillerie. »

Ceux-là doivent apprendre la trigonométrie, la balistique, calculer des angles de tir, compenser le sens du vent, le calibre et le poids de la charge utile, le mouvement de l'ennemi. Ce sont des équations complexes. Ils apprennent à raisonner avec logique. C'est pourquoi ils sont devenus le groupe dirigeant de l'armée ; les seuls dotés d'une vision stratégique. Ils ont organisé et dirigé le coup d'État militaire.

« Les autres sont une bande d'ignorants, les pires sont ceux de la cavalerie. »

Dans une armée qui ne s'est pas battue depuis trente-cinq ans, il n'y a pas de médaille pour courage sur le champ de bataille, il n'y a pas de mission dangereuse, pas plus que le test des situations limites, que ce soit pour l'unité ou pour l'individu. Tout ce qu'il y a c'est le point distribué dans la salle de classe, la rigueur de la continence, le pli de l'uniforme, l'éclat des bottes ; la maîtrise rhétorique d'hypothèses de guerres qui ne seront jamais menées et leurs logistiques imaginaires. Tout cela sur le papier, dans la théorie. Des tiroirs et encore des tiroirs de cartes et de plans d'attaques stratégiques, d'avancées et de reculs tactiques.

« L'hypothèse principale était celle d'une guerre avec l'Argentine, rien que des bobards, juste pour les tenir occupés. »

À chaque étape de cette vie militaire flegmatique, il y a un rite minutieux de comptabilisation. Postes de commandement, postes de direction de département, tout est comptabilisé. Mais, comme dans toute organisation bureaucratique, les règles ne valent que pour légitimer un favoritisme immanent, jamais pour instaurer la méritocratie. Ce sont les amitiés qui décident. Les liens de loyauté. Non pas la loyauté loyale, qui n'a pas besoin de raisons d'être. C'est la loyauté calculatrice, nécessaire à la survie dans la guerre interne pour la promotion bureaucratique. Dans cette armée d'opportunistes, les seules batailles sont celles que chacun livre contre son égal, dans la dispute pour la promotion. Les places se faisant de plus en plus rares à mesure que l'on gravit l'échelle des postes.

« L'entonnoir le plus étroit se trouve au passage de colonel à général de brigade. Sur cinquante colonels un seul sera général. Et ceux qui restent sont exclus. »

Dans cette milice de cabinets, les pertes ne se font pas sur les scènes de guerre ; elles se font sur les listes soumises par l'état-major au commandement, afin qu'il soit décidé des promotions. Les recalés tombent sans avoir tiré un coup de feu. Ils sortent. Un officier ne peut pas stationner dans le même poste.

« Pour être promu général, le colonel doit avoir un protecteur, doit appartenir à un schéma, à un général qui le protège. »

Bien avant d'atteindre le grade de colonel, l'officier convoite déjà cette appartenance, à travers la flagornerie et la servilité. Il s'agrippe aux couilles d'un général.

« Celui-là a été mon élève au cours de parachutistes. Il est devenu un légaliste comme moi. Quand j'ai résisté au coup d'État, il m'a suivi. Quand j'ai été expulsé, il l'a été aussi. Mais la plupart de mes subordonnés m'ont trahi, ils ont adhéré au coup d'État. »

Il y a deux moyens de s'assurer la promotion, lécher les couilles d'un général et griller le nom du rival sur la liste pour la promotion. Lécher les couilles et trahir. Des moyens qui tantôt alternent, tantôt se complètent. Il peut arriver d'avoir à trahir le général lui-même. La trahison est le corollaire de la loyauté opportuniste. Dans la corporation militaire-bureaucratique, un officier ne se confie jamais à deux autres officiers en même temps. Toujours à un seul ; ainsi, s'il est trahi, il saura qui l'a livré. La trahison aussi est un art.

« Prestes a introduit ces précautions dans la colonne puis les a incorporées aux normes de sécurité du Parti, à plus forte raison, à cause de sa clandestinité presque permanente. Il a fini par rendre le parti encore plus secret qu'il ne l'était déjà, jamais de rencontres à plus de deux, et toujours en murmurant. »

Les habitudes créent des valeurs. La pratique de la trahison et de la dissimulation s'incorpore à l'*ethos* militaire. Les valeurs s'inversent. Tous sont des Esterhazy, aucun Dreyfus ; à la place du courage, la cruauté ; le déshonneur au lieu de l'honneur ; le peuple pauvre comme ennemi ; la méchanceté poussée à l'infini. Décapitations à Canudos ; exécutions de prisonniers ayant capitulé dans l'Araguaia, bien qu'encore enfants ; démembrements de corps, en 1974, pour les rendre « disparus ». Au crime horrible, succède le délit paradoxal, pour une organisation bureaucratique, logique cependant dans la nouvelle échelle des valeurs : la suppression des preuves.

« Celui-là est le seul général qui, à ma connaissance, se soit soucié de faire arrêter les tortures. »

Bien que d'extrême droite, le général était spirite ; quand il fut au courant des tortures il se rendit par surprise rue Barão de Mesquita et fit tout arrêter sur-le-champ. Les spirites n'admettent pas que l'on maltraite un être vivant, pas même une bête, parce qu'ils croient en la réincarnation ; pour eux, les corps sont les demeures provisoires des âmes de nos ancêtres qui doivent être vénérées et respectées. Vous risquez de torturer un arrière-grand-père ou votre propre mère, si elle est morte.

« Il est parti et tout a recommencé. Il n'a renvoyé personne non plus, il n'a pas dénoncé, ni en interne ni en public. »

Selon la nouvelle doctrine militaire en vigueur, celle de la guerre psychologique à l'adversaire, l'ennemi peut se trouver en tout un chacun, parfois encore à l'état latent : dans l'artiste de théâtre, dans le jeune innocent, dans la petite fille rebelle, dans le prêtre progressiste. D'après cette doctrine, seule la torture révèle la propension du suspect à la subversion, de même que sous l'Inquisition les machines de supplice faisaient sortir les démons de l'intérieur des sorcières et démasquaient les simulations des hérétiques et des nouveaux chrétiens.

«Celui-là est le plus intelligent et le plus cruel. De l'artillerie, bien sûr. C'est pourquoi il a proposé l'ouverture, lente, graduelle et sûre, il savait que tout était fini. Il est de l'ancienne génération, il aurait pu s'engager dans la force expéditionnaire, mais il ne l'a pas fait; il n'a jamais livré une bataille, il n'a jamais participé à une guerre. Aujourd'hui encore on ignore s'il ne s'est pas engagé à cause de ses sympathies avec les nazis ou si les Américains ont mis leur veto, pour la même raison.»

Le général dégradé referme l'almanach. Assez. On a compris.

Les imposteurs

Oui, c'est bien lui. Même s'il ne l'a vu qu'une fois et dans le noir, K. a reconnu ses traits, le visage ovale et boursouflé, la moustache épaisse, le front large. C'est un sergent. Il s'était présenté ce soir-là comme général et il n'est que sergent. Il se rappelle encore comment ils l'ont forcé, sur la banquette arrière de la voiture, le faux général le pressant d'un côté, et le type maigre avec une tête de malfaiteur, de l'autre.

Comment se fait-il que le type maigre ne soit pas au procès ?

Le faux général avait dit qu'il avait localisé sa fille. Il lui apporterait une lettre écrite de sa main à elle, contre de l'argent. Ils avaient monté une farce. Maintenant l'imposteur est poursuivi en justice, non pas par lui, qui ne cherche pas à se venger, qui veut seulement savoir ce qui est arrivé : le faux général est poursuivi par les militaires eux-mêmes.

K. ignorait l'existence d'un tribunal de justice militaire. Lorsqu'il avait reçu la convocation, avec le cachet et la signature d'un général de l'armée, il s'était enthousiasmé. Enfin, les autorités militaires l'appelaient pour traiter officiellement de la disparition de sa fille.

Un colonel, d'après la plaquette devant lui, avec son nom et son poste, dirige la séance, encadré par un autre colonel et par un civil qui porte une toque de juge. L'accusé est assis, en bas, dans la petite salle vide, à côté de la haute table des juges.

Parfois K. pense que cela devait arriver de toute façon. À un moment ou un autre devait apparaître quelque vil profiteur lui offrant des informations contre de l'argent. Promettant même, peut-être, de sauver sa fille, avec beaucoup d'argent. N'est-ce pas ce qui s'était passé en Pologne, quand ses compagnons du parti avaient fait une quête pour le sortir de prison ?

Mais, en Pologne, même si la répression était dure, quand ils arrêtaient quelqu'un, ils l'enregistraient, ils prévenaient la famille. Ensuite il y avait un jugement. Il y avait l'accusation et la défense, les visites en prison. Là-bas, ils ne faisaient pas disparaître les prisonniers.

Parfois, il voyait les policiers et les militaires comme des personnes, bonnes ou mauvaises, certains pouvant même aider parce qu'ils ont des sentiments, d'autres se livrant à l'extorsion, et parmi ceux-là il y a ceux qui tiennent leurs promesses et ceux qui ne font que sucer la victime ; ces derniers, peut-on dire, ne sont pas des êtres humains, ce sont des malades, comme ce sergent imposteur ; mais il fallait prendre le risque, et il avait pris le risque.

D'autres fois, il déplorait le fait d'avoir cru qu'il lui serait possible, contre de l'argent, d'abattre le mur de silence qui entourait le gouffre du système, ce que même des gens très importants n'avaient su faire. Il ne pouvait pas savoir que quarante ans plus tard ce mur serait encore debout, en parfait état. Mais il savait que tout était bien ficelé, afin que personne ne sache rien. Comment ai-je pu être aussi naïf? concluait-il alors.

Les témoignages commencent. Il raconte comment tout est arrivé. Il s'abstient seulement de révéler qu'il est arrivé jusqu'au faux général par cet avocat stagiaire. Même si le jeune homme s'est mal comporté. Au moment décisif, le stagiaire l'avait laissé seul, dans ce coin sombre de l'Alameda Barão de Limeira, abandonné aux imposteurs qu'il avait lui-même indiqués.

Comment aurait-il pu, seul, avoir le discernement nécessaire ? Heureusement qu'il s'était méfié. Il avait demandé comme preuve d'authenticité que sa fille signe la lettre avec le petit nom affectueux que lui et lui seul employait. Les bandits ne pouvaient pas le savoir et avaient inventé autre chose.

Ce que K. ne comprenait pas, c'était comment, tout de même, il était allé au rendez-vous. Il pense parfois que c'était pour se battre. Et s'ils avaient de fait localisé sa fille, sans pouvoir toutefois apporter la lettre à cause de quelque imprévu ? Oui, c'est certainement ce qu'il avait pensé dans ce coin de rue sombre. Un lambeau d'espoir. Il avait été trahi par l'espoir.

L'histoire sortit dans les journaux. Non pas à l'initiative de K., qui avait honte de s'être fait rouler. Il l'avait racontée à la réunion des familles de disparus pour les avertir, afin qu'elles ne se fassent pas dépouiller elles aussi. Un journaliste l'apprit et diffusa l'affaire. Les militaires organisèrent le procès pour démontrer que sa fille n'avait jamais été arrêtée. Le faux général était jugé non pas parce qu'il avait extorqué de l'argent, mais parce qu'il avait mis les forces armées dans une situation délicate. Pour K., cela était clair.

Les témoignages se poursuivent. Maintenant ils interrogent le sergent. Il balbutie des repentirs, admet qu'il n'a jamais vu la fille en prison, qu'il ne savait rien, avait tout inventé, du début à la fin. Mais il a mentionné son complice, le type maigre.

K. n'est pas intéressé par le sort de l'imposteur. Tout cela est passé. Fini. Il est venu pour poser des questions sur sa fille à l'occasion de ce contact formel avec la justice, le premier et le dernier. En fin de compte, sa disparition est la cause de tout. C'est pourquoi il a insisté auprès du jeune avocat afin qu'il l'accompagne au tribunal militaire. Lui aurait su comment demander, au bon moment, des éclaircissements sur la disparition de sa fille. Mais le stagiaire a fait faux bond à nouveau. Il n'est pas venu.

K. se rappelle une fois de plus le silence du grand avocat qu'il était allé voir pour solliciter l'*habeas corpus* de sa fille, lorsque le stagiaire, un novice, pressant, s'était invité dans la discussion et avait mentionné la possibilité d'un contact avec des « gens à l'intérieur du système ». C'était une question d'argent, avait dit le stagiaire, baissant la voix, cela n'avait rien à voir avec la demande d'*habeas corpus*, c'était un schéma parallèle.

K. aurait dû interpréter la froideur du grand avocat comme un avertissement : attention, cet enfant est naïf, il est bien intentionné, mais naïf. C'est là que commença l'erreur. Ne pas avoir compris la posture du grand avocat. Il était, lui, quelqu'un de sérieux, cela se voyait à la témérité avec laquelle il défendait toutes les victimes de la persécution politique, comme s'il s'agissait d'une cause pour l'humanité.

Mais comment repousser la proposition du stagiaire, quand le grand avocat lui-même lui avait dit, à grand regret, que l'*habeas corpus* serait refusé, puisque les militaires avaient interdit qu'il soit accordé dans les cas d'arrestation pour motifs politiques. Nous vivons un paradoxe – se rappelle-t-il que le grand avocat avait dit –, ils admettent qu'il y a des motifs politiques aux arrestations, mais ils ne reconnaissent pas avoir procédé à des arrestations.

K. suit maintenant sans intérêt le réquisitoire du procureur militaire. Il réfléchit aux implications de l'extorsion. La principale d'entre elles n'était pas l'argent perdu, après tout qu'était-ce que trente mille reais à côté de la vie de sa fille ? Le prix d'une voiture contre une vie d'un prix infini. Pas plus que le fait d'avoir été trompé, ou d'avoir faibli au moment décisif, quand il savait déjà que tout cela n'était qu'une farce.

Non, le pire se produisit après, quand cette nouvelle opportunité apparut, quand ce rabbin lui indiqua le type avec un nom allemand, qui habitait à Rio et avait déjà sauvé une jeune fille. Une jeune fille juive. Il connaissait la famille de cette fille et il alla vérifier ; ça n'était pas un mensonge. La fille était déjà à l'étranger. Seul cas prouvé.

K. fixa un rendez-vous par téléphone et partit à Rio dans un autobus de nuit. L'individu, sur ses quarante ans, élégant, portant un complet de lin, ne l'invita pas à entrer. Sur le trottoir de l'avenue Copacabana, il dit que le commissaire qui commandait tout lui devait une grande faveur. Qu'une fois il avait transporté un colis du commissaire dans le coffre de sa voiture. Un cadavre – répéta-t-il lorsqu'il s'aperçut que K. n'avait pas compris. Il avait soulagé le commissaire d'un bel embarras. Il était en mesure de libérer sa fille si elle était encore vivante. Mais cela allait coûter cher. Très cher. Avez-vous un bien immobilier ? demanda-t-il. Alors vendez-le. Cela va coûter le prix d'une maison.

K. n'y crut pas. Il n'insista pas. Peut-être parce que tellement de temps avait déjà passé. Ou parce que, ayant déjà été trompé une fois, il ne serait pas trompé à nouveau. Tel fut le principal préjudice causé par l'extorsion. S'il n'y avait pas eu cette farce, il aurait peut-être persévéré dans ses relations avec cet individu au nom allemand. Il aurait pris le risque.

Il est fort probable que cela n'aurait rien donné, que sa fille était déjà morte, comme tout le monde le dit aujourd'hui. Mais K. ne ressentirait pas cette souffrance amère de penser qu'il n'a pas fait tout ce qu'il aurait dû pour sauver sa fille. Tout cela par la faute de cette canaille assise-là devant lui. Mais K. ne lui voue aucune haine. Du dégoût, oui. Le mépris de ceux qui profitent du malheur des autres et y ajoutent de nouveaux malheurs.

Le président de séance frappe sur la table avec un petit marteau de bois. Il lit la sentence. L'accusé, sergent Valério, est condamné à la dégradation et à un an de prison, au terme duquel il sera exclu de l'armée, pour avoir porté outrage aux forces armées en propageant à des fins criminelles la fausse information selon laquelle des civils seraient détenus dans des bâtiments militaires.

« Mais, et ma fille ? demande K., en se dressant d'un coup, après la lecture de la sentence. Où est ma fille ? » répète-t-il en criant.

Le colonel qui préside la séance le fixe d'un regard menaçant. Il frappe à nouveau de son marteau et déclare la séance close. Il ajoute à voix haute : « Qu'il soit consigné dans les actes qu'aucun civil n'a été détenu dans un bâtiment militaire, conformément à l'aveu de l'accusé, tout cela était une farce. »

« Mais, et ma fille ? » K. à présent balbutie, regardant autour de lui, à la recherche d'une réponse, d'un soutien dans la salle vide.

Les trois juges se lèvent en même temps, de manière abrupte. Deux soldats énormes, portant des casques et des brassards de la police de l'armée, évacuent l'accusé de la salle par une porte latérale. Deux autres, également grands et forts, entourent K., lui indiquant la sortie. K. s'en va lentement, contraint par les deux soldats qui le pressent de manière menaçante, un de chaque côté.

La réunion du conseil

Autour de la table en acajou, longue, lourde, aux bords entaillés, comme il convient au mobilier d'une université, sont assis huit illustres professeurs de l'institut de chimie, chefs de département, scientifiques renommés, parmi lesquels Ivo Jordan, spécialiste de la séparation isotopique de l'uranium, Newton Bernardes, connu en physique des matériaux, et Metry Bacila, pionnier de la biologie marine. L'institut de chimie s'est rendu célèbre par sa rigueur scientifique, influence des Allemands Heinrich Hauptmann et Heinrich Rheinboldt, fondateurs de la chimie au Brésil, où ils arrivèrent en fuyant le nazisme.

Au moment où se tient cette réunion, l'institut n'a que cinq ans d'existence. Giuseppe Cilento, qui en a coordonné la création en rassemblant des départements et des chercheurs dispersés dans différentes unités de l'université de São Paulo, participe également à la réunion. Construit avec l'argent de la fondation Ford, l'imposant Conjunto das Químicas, comme il est mieux connu, occupe toute la colline est du campus.

C'est la 46e réunion mensuelle du conseil, organe suprême de l'institut. Nous sommes le 23 octobre 1975. Dix-neuf mois se sont écoulés depuis la disparition de la fille de K., affectée dans l'organigramme de l'université comme professeure assistante docteure. À l'ordre du jour figure la procédure 174899/74 de la présidence de l'université demandant l'annulation de son contrat « pour abandon de poste », conformément au paragraphe IV de l'article 254 du règlement. Un autre point de l'ordre du jour est la proposition de réintégration du professeur retraité Henrique Tastaldi, qui se trouve être l'un des trois membres de la commission qui demande le renvoi de la professeure.

Ce récit a été imaginé à partir du compte rendu de la réunion, cité dans les extraits transcrits plus bas. Bien des années plus tard, la présidence devait déclarer publiquement le caractère injuste du renvoi de la professeure. Mais elle n'a jamais blâmé aucun des responsables, elle n'a jamais payé sa dette envers la famille. Ceux qui ont participé à cette réunion n'ont jamais présenté d'excuses.

La réunion est présidée par le directeur de l'institut, le professeur Ernesto Giesbrecht, patriarche de la chimie brésilienne, membre de l'Académie brésilienne des sciences, commandeur de l'Ordre national du mérite scientifique, disciple et étudiant de Rheinboldt en personne. Giesbrecht est mort depuis. Nous ignorons ce qui a bien pu lui passer par la tête pendant la réunion, nous ne pouvons que l'imaginer.

Ça va être une réunion pénible, j'espère qu'elle va passer vite. Après tout, ça a été un ultimatum. Si Heinrich était en vie, il n'y croirait pas. Lui qui a fui l'Allemagne à cause de la famille juive de sa femme. Je suis certain qu'il agirait comme moi ; après tout, il a fondé le département de chimie et il n'aimerait pas voir tout détruit à cause d'une seule personne, qui plus est, une professeure ordinaire, qui n'a que le titre de docteure. S'il s'agissait d'un professeur titulaire, d'un enseignant habilité, mais une simple professeure docteure… La chimie c'est le pouvoir, nous devons préserver le pouvoir. Heureusement que le vote est secret, ainsi personne ne s'expose, personne ne saura qui a approuvé le renvoi. J'espère que tout va bien se passer.

Ce qu'il a effectivement dit se trouve dans le compte rendu :

C'est une grande satisfaction pour moi de recevoir pour la première fois en tant que membre du conseil le professeur docteur Otto Richard Gottlieb, récemment nommé au poste de professeur titulaire auprès du département de chimie fondamentale, c'est un honneur pour notre collège de pouvoir compter sur sa collaboration. Le compte rendu de la 44e réunion ayant été approuvé à l'unanimité, passons à l'ordre du jour dont le premier point est la réintégration du professeur retraité Henrique Tastaldi.

Le professeur Francisco Jerônimo Sales Lara, venu de la faculté de philosophie, prévoit de demander la parole. Pour l'instant, il pense. Imaginons qu'il pense ceci :

Ce voyou de Tastaldi ; maintenant il va cumuler la retraite avec le salaire de professeur titulaire. Ils approuvent sa réintégration et, en échange, il réaffirme les termes de la commission. C'est la récompense pour la complicité avec la répression. En philosophie cela n'arriverait jamais. Tout le monde sait que la professeure a été arrêtée par les organes de sécurité. Son père est venu ici, il y a eu la nouvelle dans le journal, un reportage, la liste des vingt-deux disparus du cardinal. Mon Dieu, où suis-je tombé ? Cet antre de réactionnaires et de lâches, et dire que la plupart sont des Juifs qui ont fui le nazisme ou leurs étudiants !

Sales Lara demande maintenant à parler. Il pèse chaque mot. Le compte rendu consigne :

Indubitablement le professeur Tastaldi est une figure historique qui a beaucoup contribué au développement de notre biochimie. En outre, il possède des qualités personnelles qui en font une personne appréciée de tous. Nonobstant, j'estime que son engagement par l'institut de chimie n'est pas opportun. Je suis opposé à la réintégration de professeurs retraités et je pense que cela ne se justifie que lorsqu'un remplacement est totalement impossible, ce n'est pas le cas présent, il y a de nombreux docteurs et post-docteurs de haut niveau aussi bien dans le pays qu'à l'étranger qui sont intéressés par les conditions que nous pouvons offrir, il est de notre obligation de donner une possibilité de carrière universitaire à ces éléments.

L'éminent professeur Metry Bacila demande la parole. Le compte rendu consigne :

Je ne pourrais manquer au devoir de rappeler la marquante contribution du professeur Tastaldi à l'université de São Paulo, à laquelle il a voué toute une vie de labeur dans la recherche, dans l'enseignement et dans la préparation des futurs enseignants, d'un autre côté il convient de rappeler également l'enthousiasme avec lequel le professeur Tastaldi s'est consacré à la réforme de l'université, ayant apporté sa perspicacité d'illustre professeur, grâce à un esprit universitaire que l'on rencontre rarement au sein même de cette université... Celle-ci pourrait s'enorgueillir de pouvoir le compter comme membre de son corps enseignant...

Le professeur docteur Giuseppe Cilento demande la parole. Le compte rendu consigne :

Je ne peux manquer d'exprimer également ma gratitude pour l'aide diligente que j'ai reçue du professeur Tastaldi durant tout mon mandat à la tête du département.

Le professeur José Ferreira Fernandes demande la parole :

Il y a quelques jours, nous avons tous déploré le départ à la retraite du docteur Lúcio Penna de Carvalho, mais la politique de l'institut a été de ne pas réintégrer les professeurs retraités.

La proposition du département de biochimie ayant été soumise au vote à bulletin secret, le dépouillement, assuré par les professeurs Gilberto Rubens Biancalana et Yukio Miyata, donna le résultat de douze votes pour et trois votes contre. Ainsi la proposition fut-elle approuvée aux deux tiers des membres du conseil en exercice effectif :

Passons à présent au point suivant de l'ordre du jour, la proposition d'annulation du contrat de la professeure. J'informe l'assemblée que la professeure docteure, depuis le 23 avril 1974, ne s'est pas présentée à l'institut. Le cas a été porté à la connaissance des organes compétents de la présidence lesquels, consultés sur la procédure à suivre en pareil cas, au regard de la législation en vigueur, ont fait ouvrir une procédure administrative. À la commission ont participé, outre le docteur Cássio Raposo do Amaral, membre du corps d'avocats du Conseil juridique, les professeurs docteurs Henrique Tastaldi et Geraldo Vicentini, cette commission ayant proposé le licenciement de l'enseignante pour abandon de poste, ce qui doit être soumis au vote du conseil selon les termes de la législation en vigueur.

Giesbrecht s'agite sur sa chaise, comme incommodé ; continuons d'imaginer ce qu'il a pu penser à ce stade de la réunion :

Voilà une réunion bien désagréable. Il est vrai que je n'ai jamais pu encadrer cette fille et qu'elle n'était guère brillante, mais elle était sérieuse, très travailleuse ; sa recherche sur le molybdène pour son doctorat n'était pas des plus facile et elle s'en est sortie.

Mais quelle alternative avons-nous ? On dit que le coup de fil de la présidence de l'université a été clair. Vous avez jusqu'à la fin de la semaine pour appliquer le règlement et la renvoyer. D'ailleurs il tardait à venir, cet ultimatum. Je sais que c'est même déjà sorti dans le journal, qu'elle a été disparue, mais il n'y a pas de preuves. Le gouvernement nie. Il est évident que s'ils l'ont disparue, ils doivent nier. Mais va savoir dans quoi elle s'est mise. Le règlement est clair et catégorique. Et en plus, en tant que directeur de l'institut, si je ne la renvoie pas, je peux être accusé de prévarication. Si du moins je ne suis pas accusé de quelque chose de pire, de complicité avec des subversifs ou quelque chose comme ça. Notre devoir est toujours, en tant que scientifiques, de préserver l'institution. Ne pas donner de prétexte à une intervention ou à des destitutions. Après tout, cette fille n'avait pas le droit de mettre en danger une institution importante comme la nôtre.

À l'autre bout de la table, un autre fondateur du département, le professeur Gottlieb, le plus âgé de tous, essaie de deviner ce qui se passe dans la tête de son collègue et rival académique. Gottlieb est juif et a quitté la Tchécoslovaquie lors de l'occupation allemande. Il a implanté au Brésil les différents laboratoires de recherche sur les produits naturels. Il est peut-être en train de penser plus ou moins ceci :

Je sais que le directeur a reçu un ultimatum du service juridique ; renvoyer la professeure d'ici la fin de la semaine. Moi qui sympathisais même avec cette fille ! Une travailleuse. Et beaucoup plus instruite que les autres. Un jour je l'ai trouvée en train de lire La Montagne magique. *Sa physionomie, un peu marquée par la souffrance, me rappelait toujours la cousine Esther, qui ne s'est jamais faite à l'exil. Une crapule ce Giesbrecht,* ein schlechter Character, *et dire qu'il a été le disciple de Heinrich, il aurait dû raccrocher au nez de celui qui a appelé; où a-t-on vu ça, au lieu de se prévaloir, au service juridique, du prestige de l'université pour forcer les autorités à fournir une information, à dire de quoi on l'accuse, ils font le contraire, ils la renvoient comme si elle avait été défaillante, alors qu'elle a été enlevée, autrement dit ils aident à dissimuler l'enlèvement.* Scham, *une honte. Le problème c'est qu'il est le chef et qu'il est bien difficile de s'opposer à lui…* dieses Schwein.

Le représentant des professeurs assistants, Gilberto Rubens Biancalana, est arrivé en retard à la réunion et à présent il souhaite parler mais ne demande pas la parole, peut-être par peur. Il a dû penser ce qui suit :

Les collègues ont été effrayés quand j'ai parlé de faire une réunion pour discuter de notre position. Maintenant je dois décider du vote tout seul. Je ne vais pas risquer toute ma carrière à cause d'une professeure que je connais à peine, qui s'est fichue dans je ne sais pas quoi. Si Giesbrecht et Gottlieb proposaient quelque chose d'autre, un ajournement, une autre solution, je serais bien capable de les soutenir, mais comme ça, tout seul… Ou alors ce Newton Bernardes, qui est venu de la physique. Il est déjà enseignant habilité, il a toujours des postes importants… Il a un nom, du prestige.

Miriam, représentante des auxiliaires d'enseignement, ne dit rien. Elle pense du bien de la professeure, l'une des plus travailleuses et assidues, mais elle a peur :

C'est bien triste ce qui est arrivé. Terrible. Je ne comprends pas pourquoi ces grosses tronches se sont tues tout ce temps. C'est là qu'a été l'erreur. S'ils avaient crié dès qu'elle a disparu, peut-être que les choses se seraient inversées, c'est l'institut qui serait en train de contrôler la présidence, en exigeant qu'ils foutent dehors ces fils de pute du DOI-CODI qui sont installés là-dedans, et non le service juridique qui ferait pression sur le département. Toute cette parlote de la procédure, évoquant les « éléments probatoires », se fiant au message de Falcão. Et moi, là, sans le soutien de personne, à devoir participer à cette farce. J'aurais dû être absente, inventer une excuse et être absente. Pourquoi ne se lèvent-ils pas tous pour dire « non » ? C'est une provocation, ils enlèvent la personne et en plus de ça ils l'accusent de manquer à son poste.

Le professeur Luiz Roberto Pitombo ne dit rien. Peut-être à cause d'un froid raisonnement du type :

J'ignore dans quoi cette fille s'est mise. Elle n'a jamais voulu se confier à moi et je n'ai pas non plus voulu lui demander. Je suppose que c'est quelque chose de grave, gauchisme inutile, manque de vision stratégique. Pour autant, bien sûr, nous devons être solidaires et dénoncer la répression. Le problème, c'est la situation dans ce conseil, dans cet institut. Ça n'a pas de sens de se griller pour une histoire individuelle. Notre lutte a un horizon plus vaste, une valeur stratégique. C'est une faute et c'est bien triste. Mais, dans la corrélation de forces présente, un vote contre, isolé, ne résoudra rien et qui plus est portera préjudice à notre cause.

Le professeur Giesbrecht expliqua au professeur Pitombo que la commission avait pris sa décision d'après les éléments probatoires, comme il était consigné dans le rapport, et avait donné le plus grand poids à la déclaration du ministre Armando Falcão selon qui rien n'indiquait que la professeure ait été arrêtée.

On soumit au vote à bulletin secret le rapport proposant le renvoi de la professeure. Il fut approuvé à treize voix pour et deux bulletins blancs, et ainsi acheminé jusqu'à monsieur le président, Orlando Marques de Paiva. Deux jours plus tard, le licenciement de la professeure fut publié au *Journal officiel* par monsieur le gouverneur de l'État, Paulo Egidio Martins, un autre qui n'a jamais présenté d'excuses.

Les rues et les noms

Le lotissement se trouvait en un bout du monde, des terrains bon marché pour inciter à l'autoconstruction et valoriser ainsi les terres du même propriétaire plus proches du centre, quand les habitants auraient obtenu l'eau, la lumière et le bus. Là, un projet de loi dû à un conseiller municipal de gauche donna à chaque rue le nom d'un disparu politique. 47 rues, 47 disparus politiques.

Le conseiller municipal avait planté lui-même des piquets aux principales intersections des rues encore mal délimitées et y avait cloué les plaques bleues portant les noms des disparus politiques. Seulement les noms, sans indication de la date de naissance, ni, évidemment, de mort.

Les proches, pas plus de quinze, la plupart de São Paulo, se réunirent devant l'hôtel Glória, d'où ils partirent en minibus vers le lotissement de l'autre côté du pont Rio-Niterói. Ce fut un long voyage. Quoique épuisé, fatigué de tout, même de vivre, K. avait décidé de participer à l'hommage rendu à sa fille et son gendre.

À l'arrivée, il y eut une petite cérémonie. Le conseiller municipal fit un discours dans lequel il exaltait ceux qui avaient lutté contre la dictature et annonçait le début d'un nouvel ordre de valeurs. L'hommage aux disparus politiques sous la forme de plaques de rue avait pour fonction pédagogique de rappeler aux prochaines générations l'importance de la démocratie et des droits de l'homme. Ce fut un beau discours, pensa K. ; un discours et des plaques qui tentaient de donner au gaspillage de tant de vies un sens futur.

Au nom des proches, une dame âgée aux cheveux blancs prit la parole. K. ne retint pas son nom, mais il n'avait pas oublié sa physionomie depuis le jour où il avait entendu le récit tout à la fois doux et amer de la disparition de son fils, lors de la première réunion des familles à l'archevêché. Elle fit elle aussi un beau discours. À la fois doux et amer, à nouveau. Tout le monde était ému.

Ensuite, ils se dispersèrent en petits groupes munis de copies du croquis du lotissement, cherchant, chacun de son côté, la plaque de son disparu. K. eut du mal à trouver ses plaques à lui, celle de sa fille et celle de son gendre. Lorsqu'il les localisa, il demanda à un autre participant de les photographier. K. ne savait pas utiliser un appareil photo.

La nuit tombait déjà quand ils repartirent. Derrière eux demeura la seule publicité bien visible de l'endroit, celle du lotissement, en grandes lettres rouges sur fond vert : *Cité de la Rédemption*. K. se sentit outragé; simple coïncidence, c'était le nom donné par les militaires à leur coup d'État. Il essaya de se calmer. Il estima que ce qui importait c'était l'hommage rendu aux disparus dans la dénomination des rues. Cela avait tardé, mais c'était arrivé.

Mais il se mit à prêter attention aux plaques et indicatifs de rues à mesure que le minibus parcourait le chemin du retour. Étrange qu'il n'ait jamais pensé aux noms des rues. Quand il était arrivé au Brésil, curieux, il cherchait à tout savoir. Puis il s'était habitué. Jusqu'à ce qu'arrive ce qui était arrivé.

Rue Fernão Dias, dit une plaque. Là où il habitait, à São Paulo, il y avait aussi une rue qui portait ce nom, on lui avait dit que c'était un célèbre chasseur d'Indiens et d'esclaves fugitifs. Ils parcoururent quelques rues dont il ne connaissait pas les noms. Puis, à la stupeur de K., une avenue General Milton Tavares de Souza.

Celui-là, il savait très bien qui c'était : il n'oublierait jamais ce nom. Le fils du pharmacien lui en avait parlé. Dom Paulo également. C'est celui qui avait créé le DOI-CODI, là où ils avaient emmené Herzog et l'avaient tué. Il fut le Lavrenti Beria de ces canailles, le Himmler brésilien, il disait que pour tuer les subversifs, tout était bon à prendre ; et il avait une avenue à son nom ! Une avenue principale. Où avait-t-on vu une chose pareille ? Un méchant, a menuvldiker retseyekh, blasphéma-t-il en yiddish.

Saisi d'indignation, K. examinait à présent chaque plaque, et il fut scandalisé en apercevant le nom de Costa e Silva sur le pont Rio-Niterói. Incroyable, une construction majestueuse comme celle-là, de presque neuf kilomètres, portant le nom du général qui avait fait passer l'AI-5. En Pologne on donnait aux avenues le nom de rois et de maréchaux, partout des Piłsudski et des Marszałkowska, mais celui-là avait été l'unificateur de la Pologne, un héros, non pas un méchant. Imaginez si en Allemagne on donnait à une rue le nom de Goebbels ou aux États-Unis le nom d'Al Capone ; ou si les Juifs de Lituanie, les litvakes, rendaient hommage au bourreau Mouraviov avec un nom de rue.

Le problème, réfléchit K., c'est quand le personnage est un héros pour les uns et un méchant pour les autres, comme Bogdan Khmielnitzki, qui commanda les pogroms en Ukraine, tenu par les Ukrainiens pour un héros, peut-être pour cette même raison ; il y a même une ville à son nom. K. était révolté. Il en était encore à vitupérer mentalement lorsqu'ils atteignirent dans le centre de Rio la grande avenue Getúlio Vargas. Celui-là était un civil. Il arriva même à K. d'éprouver de la sympathie pour lui – le père des pauvres de ses premières années au Brésil. Mais ce fut un dictateur, et son chef de la police, Filinto Müller, un sanguinaire. Il tua et tortura beaucoup de monde. Il ne manquait qu'une rue Filinto Müller. Tu vas voir qu'il y en a une quelque part, pensa K.

Comment se pouvait-il qu'il n'ait jamais réfléchi à cette étrange habitude des Brésiliens de rendre hommage à des bandits, des tortionnaires et des putschistes, comme s'ils s'agissaient de héros ou de bienfaiteurs de l'humanité ? Il avait beaucoup écrit sur le mode de vie des Brésiliens, mais cela, il ne l'avait jamais remarqué. Dans d'autres pays, on fait aujourd'hui le contraire. À Varsovie on a changé le nom de la traditionnelle rue Gesia pour Anielewicza, en hommage au héros de la révolte du ghetto. Il est vrai qu'on a maintenu le nom de ce fasciste et traître Roman Dmowski sur une rotonde, mais cela va assurément changer. Les Français, avait-il lu dans le journal, sont en train d'enlever le nom de Pétain de leurs rues, après avoir découvert que sous l'Occupation il provoqua la déportation de 76 000 Juifs français, dont 11 000 enfants, vers les camps d'extermination ; moins de 3 000 survécurent.

Dans l'autobus pour São Paulo, il se calma un peu ; la principale autoroute du pays s'appelle Via Dutra et celui-là, pour ce qu'il en savait, avait été un président démocrate, bien que général et antisémite lui aussi. Il avait cassé le mandat des députés communistes et fait des difficultés à l'entrée dans le pays des Juifs réfugiés de guerre, sauf à celle des *Volksdeutsche* toutefois. Mais il n'avait tué et n'avait fait disparaître personne, que l'on sache.

En approchant de São Paulo, l'autobus passa sous un pont qui portait la plaque Viaduto General Milton Tavares de Souza. Encore ce criminel. K. était passé bien souvent sous ce pont sans faire attention à son nom. Des centaines de personnes passent par ici tous les jours, des jeunes, des enfants, et lisent ce nom sur la plaque et peuvent penser que c'est un héros. C'est ce qu'ils doivent penser. Il comprenait maintenant pourquoi les plaques portant les noms des disparus avaient été placées en un bout du monde.

Les survivants, une réflexion

Bien que l'histoire de chaque vie soit unique, tout survivant souffre à un degré ou un autre du mal de la mélancolie. C'est pourquoi il ne parle pas de ce qu'il a perdu à ses enfants et petits-enfants ; il veut éviter qu'ils ne contractent ce mal avant même de commencer à construire leurs vies. Auprès de ses amis non plus, il n'aime pas mentionner ce qu'il a perdu, et, s'ils y font référence, sa réaction est celle de la gêne. K. n'a jamais révélé à ses enfants qu'il a perdu ses deux sœurs en Pologne, tout comme sa femme évitait de parler aux enfants de toute sa famille perdue dans le génocide.

Le survivant ne vit le présent que pour un moment ; une fois vaincue la stupeur d'avoir survécu, une fois accomplie la tâche qui consiste à reprendre la vie normale, réapparaissent avec une force inédite les démons du passé. Pourquoi ai-je survécu et pas eux ? Ce trouble tardif est courant chez le survivant, plusieurs décennies après les faits.

Dans le film *Le Choix de Sophie*, une Polonaise est obligée par l'occupant nazi de choisir lequel de ses deux enfants elle préfère voir survivre : le garçon ou la fille ? Si elle était juive il n'y aurait pas de choix à faire ; puisqu'elle est polonaise, le garde invente un nouveau jeu, que la mère choisisse, sinon les deux enfants mourront. « Le choix de Sophie » est devenu l'expression d'un choix impossible, où toutes les options sont également douloureuses.

Mais la question à se poser, c'est : pourquoi le soldat allemand a-t-il décidé de soumettre la mère au tourment du choix quand il était plus simple de tuer tout de suite les deux enfants ainsi que leur mère, ou alors de décider lui-même qui tuer et qui épargner ? Sadisme ? Peut-être. Mais un sadisme fonctionnel, parce que, à travers ce mécanisme, le criminel a transféré sur la mère la culpabilité de la mort de son enfant. N'est-ce pas elle qui a choisi ? Ce sentiment de culpabilité s'empare de l'âme de la mère au fil des ans jusqu'à ce que, déjà bien vieille, survivante de la guerre vivant en Amérique, Sophie se suicide, ne supportant plus le poids d'une faute qui n'a jamais été la sienne.

La faute. Toujours la faute. La faute de n'avoir pas perçu la peur dans un regard. D'avoir agi d'une manière et non d'une autre. De n'avoir pas fait davantage. La faute d'avoir hérité seul des maigres biens des parents, d'avoir gardé les livres qui étaient à l'autre. D'avoir reçu la misérable indemnisation du gouvernement, même sans l'avoir demandée. Au fond, la faute d'avoir survécu.

Milan Kundera dit que Kafka ne s'est pas inspiré des régimes totalitaires – même si c'est là l'interprétation habituelle –, mais de son expérience familiale, de la peur qu'il avait d'être jugé négativement par son père. Dans *Le Procès*, Joseph K. examine son passé jusqu'aux plus infimes détails, à la recherche de la faute cachée, de la raison de son procès. Dans la nouvelle « Le verdict », le père accuse son fils et lui ordonne de se noyer. Le fils accepte la faute fictive et va se jeter à l'eau aussi docilement que Joseph K. se livre plus tard à ses assassins, croyant avoir effectivement fauté, puisqu'il en a été accusé par le système. Comme Sophie, qui à la fin se tue.

Nos survivants aussi passent leur temps à fouiller le passé à la recherche de ce moment où ils auraient pu éviter la tragédie et ont failli pour une raison quelconque. Milan Kundera appelle « totalitarisme familial » l'ensemble des mécanismes de culpabilisation révélés par Kafka. Nous pourrions appeler le nôtre « totalitarisme institutionnel ».

Parce qu'il est évident que faire la lumière sur les enlèvements et les exécutions, sur les circonstances de chaque crime, cela mettrait fin à la plus grande partie de ces zones sombres qui font croire que, si nous avions agi différemment que nous n'avons fait, la tragédie aurait été interrompue.

C'est aussi pourquoi les indemnisations des familles des disparus – quoique mesquines – ont été accordées rapidement, sans qu'on ait eu besoin de demander, en vérité en anticipant la demande, pour enterrer aussitôt chaque histoire. Enterrer les histoires, sans enterrer les morts, sans ouvrir d'espace pour une investigation. Manœuvre subtile qui tente de faire de chaque famille le complice involontaire d'une certaine manière de traiter l'histoire.

Le « totalitarisme institutionnel » exige que la culpabilité, alimentée par le doute et l'opacité des secrets, et renforcée par les indemnisations reçues, perdure en chaque survivant comme un drame personnel et familial, et non comme la tragédie collective que cela a été et continue d'être, un demi-siècle plus tard.

À Barro Branco

«À quoi servent mille morts par jour?
Meurs une bonne fois, dans la paix enclos ton agonie»
H. N. Bialik

K. connaît la caserne depuis plus de cinquante ans. Il n'a jamais imaginé qu'un jour il entrerait là en apportant des paquets de cigarettes à des détenus politiques. Lorsqu'il arriva au Brésil, c'était une petite garnison, chargée du pâturage où la force publique élevait ses élégants chevaux alezan. Presque quotidiennement, K. parcourait avec son chariot de marchand ambulant la route en terre qui parvenait au pâturage par le côté opposé à celui de la garnison. Il connaissait quelques sous-officiers et le commandant, le lieutenant Júlio.

Il n'y avait pas, alors, des boutiques comme aujourd'hui, et les bus pour le centre ne passaient que sur l'avenue Cantareira, la seule qui était recouverte d'asphalte. Les femmes appréciaient les visites du marchand, avec ses jolis tissus, ses blouses et ses chemises, qu'il vendait à crédit. Il était fasciné par cette clientèle; les Portugaises dans leurs plants de choux, parmi les jaboticabas des vergers, les métisses; en Pologne il n'avait jamais vu une métisse. Il écoutait leurs histoires sans se soucier qu'elles achètent quoi que ce soit.

Il rentrait chargé de choux et de régimes de banane. À peine avait-il dételé la jument qu'il se repassait avec son frère aîné, dans la maison voisine, les péripéties de la journée, les gens qu'il avait rencontrés et leurs histoires. Puis il écrivait, tout en yiddish, et publiait dans les journaux yiddish de São Paulo, de Buenos Aires et même de New York. Ainsi se fit-il connaître des Juifs du Bom Retiro. L'un d'eux lui trouva un associé avec un capital pour monter la boutique. K. apporta sa clientèle.

Il y avait à présent davantage de rues asphaltées. C'était les clients qui venaient à la boutique. Ils comparaient le K. d'avant la disparition de sa fille avec le K. d'après et ils se lamentaient. Avant, K. voulait entendre leurs histoires. Maintenant c'était eux qui devaient entendre ses plaintes. L'un d'eux, le sergent Ademir, d'une famille de vieux clients, lui révéla l'arrivée des prisonniers politiques à Barro Branco. Ils étaient presque trente, avait-il dit. Peut-être l'un d'eux sait-il ce qui s'est passé ? Le commandant, le colonel Aristides, était son beau-frère, peut-être qu'il laisserait le vieil homme rendre visite aux prisonniers, discuter avec eux.

Le commandant l'y autorisa, même si le règlement l'interdisait, parce que K. n'était le parent d'aucun d'eux. Et K. se trouva là, anxieux, un samedi de chaud soleil, avec ses paquets de cigarettes et ses barres de chocolat. De grandes constructions, qu'il ne connaissait pas, occupaient une partie de l'ancien pâturage. Là c'est l'hôpital de la PM, expliqua le sergent Ademir, qui l'accompagnait, en indiquant le plus grand édifice, de deux étages.

La prison se trouvait plus loin, presque à la limite de la grande cour. C'était la prison de la PM elle-même – expliqua le sergent –, où ils incarcéraient les policiers en infraction. Une aile, à demi isolée, avait été séparée pour les prisonniers politiques.

À chaque pas qu'il faisait en direction de cette aile, K. revenait dans sa mémoire à l'époque de sa propre détention en Pologne. Il se rappela à nouveau quand on l'avait traîné enchaîné à travers les rues de Włocławek pour l'humilier devant les commerçants. Maintenant aussi il se traînait, affaibli, quoique sans chaînes. Il se sentait très fatigué. Quatorze mois s'étaient écoulés depuis la disparition de sa fille.

Au Brésil, il s'était lié au même parti sioniste de gauche qu'il avait aidé à fonder en Pologne – le motif de ses deux passages en prison dans sa jeunesse –, mais il s'occupait presque seulement des activités culturelles, de l'étude de la langue yiddish. Tout ce qu'il avait fait pendant ces cinquante années n'était qu'une auto-illusion – ainsi qu'il l'estimait à présent. Ses livres, ses nouvelles, ses contes, sa fascination pour cette fin du monde qui avait fini par engloutir sa fille.

Il ressentait la perte prématurée de sa fille comme une punition, pour n'avoir eu de cœur que pour la littérature, pour ses amis écrivains. Son fils aîné l'avait vite répudié. Il partit plein de ressentiment et ne se réconcilia jamais avec son père. K. n'avait pas su faire face à sa rébellion, à ses bêtises à l'école. Son autre fils avait un bon comportement, mais introverti, il parlait peu et s'en alla lui aussi.

K. s'était accroché à sa fille. Tout ce qu'il n'avait pas donné à ses deux fils et à sa femme malade du cancer, il se mit à le compenser auprès de sa fille. Mais il voyait à présent que cette dévotion pour sa fille était déjà un piège du destin, la tragédie en marche, le poussant d'abord à se lier encore plus à elle pour après seulement la sacrifier.

K. agrippe avec force le sac contenant les paquets de cigarettes et les barres de chocolat. Ils approchent de l'aile à demi isolée des prisonniers politiques. Le soleil le gêne. Il transpire abondamment sur le front, sur tout le visage. De la main gauche il tire de sa poche un mouchoir et s'essuie. Il se souvient alors du chaud printemps polonais lorsque sa mère était venue lui apporter en prison les plats de Pessah. Ils étaient dix frères qui vivaient au bord de la misère, mais sa mère, infatigable, n'avait jamais manqué de lui apporter lors des jours de visite un pain ou un œuf cuit, et les jours de fête un plat spécial.

Dans cette prison polonaise il avait découvert l'importance des cigarettes et des barres de chocolat. C'est ce qu'il apportait à présent, pour les prisonniers de Barro Branco. Il portait dans son sac son identification, sa mémoire, le paiement de sa dette ; un cycle de vie se bouclait, la fin touchant le début, et au milieu rien, cinquante années de rien. K. se sentait très fatigué. Ses jambes qui faiblissaient, une sensation de vertige. Il atteignit le pavillon soutenu par le sergent.

Les prisonniers l'attendaient déjà ; tous des hommes, et jeunes pour la plupart. Ils étaient bien habillés, barbus. Mais K. devina à la dureté des visages qu'ils étaient incarcérés depuis fort longtemps. Il connaissait ce regard, qui ne se confond avec aucun autre. C'était son regard de cinquante ans en arrière.

Le sergent expliqua que, après une grève de la faim, les prisonniers avaient obtenu un meilleur traitement, qu'ils pouvaient circuler dans le pavillon, qu'ils avaient organisé une cantine collective, qu'ils avaient des cours de tout un tas de choses. Beaucoup étaient professeurs. Après cette explication, le sergent s'en alla.

Ils installèrent des chaises en cercle. K. s'assit devant eux. Il déposa son sac sur le sol et commença aussitôt à raconter l'histoire qu'il avait déjà répétée tant de fois. Mais c'était comme s'il la racontait pour la première fois. Il observait un détenu, puis un autre. Il trébuchait sur les mots. Au milieu de son propos sortaient des mots en yiddish. Il répétait comme un refrain, mayn tayer tekhterl – ma petite fille chérie. Il sentait revenir l'accent de ses premiers jours au Brésil.

Les prisonniers écoutaient en silence, les yeux fixés sur le visage rougeâtre de K., comme hypnotisés par les orbites tuméfiées de ses yeux rouges et humides. Beaucoup ne devaient plus jamais oublier ce moment. La souffrance du vieil homme les impressionnait. L'un d'eux, Pedro Tierra, devait décrire, plusieurs décennies plus tard, « le corps dévasté d'un vieillard, soutenu par deux yeux – deux flammes – qui étaient l'incarnation du désespoir ». Certains avaient connu sa fille et son mari, ils appartenaient à la même organisation clandestine ; tous connaissaient l'histoire, y compris celui qui les avait dénoncés. Ils savaient qu'elle était morte depuis bien longtemps.

Soudain, K. se mit à sangloter. Les prisonniers gardèrent le silence. Les yeux de certains d'entre eux devinrent humides. K. courba le dos et porta les mains à son visage. Il ne parvenait pas à sécher ses larmes. Il n'avait de forces pour rien. Il se sentait très fatigué. Alors il se courba un peu plus et tenta de distribuer les paquets de cigarettes, les barres de chocolat, qui se trouvaient par terre, peut-être pour dissiper ses pleurs.

À ce moment-là, il tomba.

Les prisonniers de devant se précipitèrent, effrayés. Sans lâcher le paquet de cigarettes qu'il serrait maintenant avec obstination dans sa main gauche, K. s'étendit sur le sol, en respirant lourdement. Trois d'entre eux le soulevèrent tout doucement en passant leurs mains sous son dos et, de la sorte, à l'horizontale, ils le portèrent dans la cellule adjacente, où ils l'allongèrent sur l'une des couchettes.

K. garda les yeux fermés pendant près de dix minutes, toujours en respirant profondément, la poitrine haletant. Puis ses paupières s'ouvrirent et il aperçut autour de lui les prisonniers politiques ; il vit derrière eux, dans la partie supérieure du mur du fond, le familier fenestron grillagé de la cellule qui apportait du dehors des promesses de soleil et de liberté. Il se sentit en paix. Très fatigué, mais en paix. Il tendit aux prisonniers le paquet de cigarettes. Puis ses mains s'ouvrirent et ses yeux se fermèrent.

Message au compagnon Klemente

Klemente
Je ne sais pas si je dois encore t'appeler compagnon depuis que tu as dit au groupe de Paris que l'Organisation n'existait plus. J'aurais pu interpréter ta déclaration comme un stratagème pour dérouter la répression. Mais nous avons su qu'en même temps tu t'es rapproché du parti.

Eh bien sache que, pour la répression, l'Organisation n'est pas morte. Ils continuent à nous pourchasser. La semaine dernière, cinq compagnons de différentes organisations – y compris notre Yuri – ont disparu après avoir été capturés. Maintenant tous ceux qui tombent disparaissent purement et simplement. Il y a déjà quarante-trois disparus cette année, sans compter ceux qu'on ignore.

Il est plus que temps de tout réexaminer. Le Vieux ne disait-il pas toujours qu'il ne suffit pas de savoir qui est l'ennemi, mais qu'il faut savoir aussi quel est l'objectif ? Depuis l'enlèvement d'Elbrick, que des pertes et aucun réexamen, aucune définition claire des objectifs. Des dizaines de chutes de compagnons jeunes. Dans le même temps, au lieu de plus de rigueur dans la sécurité, nous sommes tombés dans l'insouciance, nous nous sommes relâchés, fixer une rencontre par téléphone, quelle folie !

Nous suspections déjà que la dictature avait décidé de ne plus faire de prisonniers. Nous aurions dû analyser, faire notre autocritique, reconnaître que nous étions isolés. Peut-être était-il encore possible de préserver bien des vies. Au lieu de quoi, nous avons décidé de lutter jusqu'au bout, même si ça ne devait déboucher sur rien. C'est là qu'a commencé cette folie. Le machin religieux, façon «si j'avais dix vies, je donnerais dix vies». Au fond, nous sommes entrés dans le jeu de la dictature qui consiste à nous liquider tous. J'ai senti par la suite chez certains compagnons un fatalisme morbide, qui veut qu'il n'y ait plus d'autre voie que mourir comme le Che.

Márcio nous a mis en garde contre le sacrifice inutile de tant de monde. Il a dit que nous nous dirigions vers un suicide collectif. Tu te souviens? C'est à cause de lui que je t'envoie ce message. Il a expliqué qu'il n'y avait pas de sens à faire une guerre sans le soutien d'aucune classe sociale et sans actions politiques. Et il a contredit l'idée selon laquelle l'Organisation serait en état de préparer une contre-offensive après la chute du Vieux.

Le Vieux en son for intérieur savait déjà cela avant même de tomber, si bien qu'il a libéré certains compagnons, ceux dont il jugeait qu'ils avaient une chance de vivre une autre vie. Il en avait conscience et il voulait soulager sa conscience. En même temps, comme on l'a vu à la façon dont il est tombé, il se préparait déjà à la mort.

Une autre erreur a été de ne pas faire de différence entre les vieux et les jeunes. Un commandant qui lutte déjà depuis cinquante ans, qui a vécu des victoires et des défaites, qui a eu des enfants et des petits-enfants, c'est une chose; un jeune de vingt ans, qui n'a pas encore vécu, qui ne connaît rien, c'en est une autre. Le Vieux ne s'appelait pas le Vieux par hasard. Il s'est trompé. Après la mort de Mariga il aurait dû libérer tout le monde, immédiatement. Il n'y avait pas de circonstances objectives ni subjectives pour une retraite à la campagne. Quelqu'un aurait dû donner l'ordre d'arrêter. Et ce quelqu'un était le Vieux, et le moment était celui-là.

Ce qui m'impressionne le plus aujourd'hui, c'est notre perte graduelle de la notion de totalité, ne pas voir le tout. Et, en ne voyant pas le tout, ne pas voir les relations entre les parties, les contradictions, les limitations. Nous sommes devenus aveugles ; totalement aliénés à la réalité, obsédés par la lutte armée.

Tu sais, Mariga a été le grand leader, celui qui donnait la ligne, mais c'était le Vieux qui articulait tout, il ne participait pas aux groupes tactiques, mais il était celui qui ficelait tout. Avec sa chute, il n'y avait plus aucun sens à continuer. C'est ce que nous avons demandé à Márcio de transmettre au commandement. La réponse a été le rejet de notre proposition, sans aucun argument, sans aucune directive nouvelle. Une irresponsabilité.

Quand le Vieux est allé à Cuba discuter avec les compagnons, après la mort de Mariga, il a été clair que la lutte armée s'était épuisée. On a parlé de reconstruire l'action politique, d'aller dans les usines, d'abandonner le modèle de la révolution cubaine qui ne valait pas pour le Brésil. Zaratini a exposé cela dans le document que la direction nationale a reçu, comme beaucoup d'entre nous. La dissidence a pris position pour la démobilisation, pour disparaître, s'effacer de la carte, face à la brutalité de la répression. Aluysio aussi lui a dit à Paris qu'il fallait arrêter. Beaucoup l'ont dit. Mais il a persisté. Il a inventé une thèse d'offensive urbaine tactique pour entretenir la flamme, et en même temps préparer les bases rurales pour une lutte stratégique à long terme. Toujours les mêmes belles paroles, la tactique et la stratégie, mais sans fondement dans la réalité.

Et c'est lui aussi qui a commencé à disséminer la thèse de la trahison. Qu'il y avait un traître. De fait, il y en avait plus d'un, comme on le sait aujourd'hui. Mais la thèse n'a pas pris parce qu'il y avait des preuves, ou des faits concrets, elle a pris à cause des défaites successives. Elle est devenue une obsession, un substitut à l'analyse de la réalité ; elle est devenue un instrument de pression sur ceux qui commençaient à hésiter. Au lieu d'être traitée comme une question de sécurité, elle est devenue une question idéologique. Pire que cela, une question morale, comme si partir était la même chose que trahir.

Tu as été le principal participant de la réunion qui a décidé de la punition de Márcio sur le soupçon qu'il était le traître. Les dernières chutes prouvent ce dont nous nous doutions déjà : Márcio n'était pas l'informateur. Il a été exécuté parce qu'il avait demandé à la coordination nationale de le laisser s'éloigner. L'Organisation a menti dans son communiqué. Márcio n'a pas été exécuté pour sauvegarder l'Organisation. Il a été exécuté pour délivrer un message : celui qui hésite sera jugé comme traître. Il n'avait commis aucun crime. Il n'avait dénoncé personne. On l'a condamné parce qu'il avait l'intention de partir. Si bien que Milton s'est opposé.

Au lieu de libérer Márcio comme il l'avait demandé, tu as décidé le contraire, et ainsi tu as fermé les portes à la possibilité de mettre un terme à cette lutte qui était déjà perdue. Nous aurions pu épargner bien des vies. C'est ce qu'il fallait faire. D'autant que Tavares, qui a livré le Vieux, n'était pas le seul informateur. Il y en a au moins un autre, qui circule dans les lieux anciens, en essayant de nous identifier.

Même dans la justice capitaliste, quand il n'y a pas unanimité, on ne condamne pas à mort. Vous avez condamné sans preuves, sans crime caractérisé. Vous avez intégré la méthode de la dictature ; jusqu'au langage de la police ; dans le communiqué, l'Organisation désigne Márcio comme un « élément ». Ensuite vous avez exécuté Jaime, bien qu'il ait révélé à la direction tout ce qu'il avait raconté à la police sous la torture. Cette fois, le message était que celui qui parle, même sous la torture, est un traître. Comme s'il était possible de juger quelqu'un qui a été torturé. Vous avez créé un tabou autour du sujet. Vous avez intégré la méthode de la terreur de la dictature elle-même. Après ça a été le tour de Jacques, qui a également parlé sous la torture, et qui est également allé voir la direction après pour l'alerter. Trois exécutions. Quand vous avez puni Jacques en juin 1973, deux ans s'étaient déjà écoulés depuis les chutes qui nous ont décimés.

Et tu vas à Paris et tu dis que l'Organisation n'existe plus. C'est très facile comme ça. Bien sûr qu'elle n'existe plus. Cela fait trois ans qu'elle n'existe plus. Mais que devons-nous faire des documents ? Tout brûler ? Comment protéger tout cela ? Et comment empêcher qu'ils nous tuent, même en abandonnant tous les contacts ? Même pour cesser d'exister l'Organisation a besoin d'exister, tellement la répression est déterminée à nous faire tous disparaître. Nous ne savons pas comment sortir de ce piège.

C'est le dernier message que tu recevras de moi. Il est possible que, lorsque tu le recevras, ma compagne et moi soyons déjà morts. Nous sentons le cercle se fermer. N'essaie pas de savoir comment il t'est parvenu et ne le conserve pas. Le mieux est qu'après l'avoir lu tu le détruises. J'ai donné une copie aux rares compagnons qui sont encore là, avec la même consigne.

Rodriguez

Post-scriptum

Trois décennies et quelques années se sont écoulées. Et soudain, il y a deux mois, un appel téléphonique dans cette maison, à ce fils qui n'a pas connu sa tante enlevée et assassinée ; une voix de femme, elle se présente, nom et prénom, habitante de Florianópolis. Elle dit qu'elle est rentrée il y a peu du Canada, où elle était allée rendre visite à des parents et qu'ils discutaient en portugais à une table de restaurant, quand s'est approchée une dame qui s'est présentée comme brésilienne en donnant son nom complet, le nom de la tante disparue. La voix de femme a laissé son numéro de téléphone pour être contactée.

Je n'ai pas donné suite à l'appel. Je me suis souvenu des premiers mois après la disparition ; à chaque fois que nous parvenions à un point sensible du système, apparaissaient des fausses pistes à propos de l'endroit où elle se trouvait afin de nous fatiguer et de nous démoraliser. Cet appel téléphonique – ai-je conclu – est une réaction au message diffusé sur les chaînes de télé par le secrétariat des Droits de l'homme du gouvernement fédéral, dans lequel une comédienne interprétait sa disparition. L'appel téléphonique de la supposée touriste brésilienne venait du système de répression, encore opérationnel.

São Paulo, 31 décembre 2010.

REMERCIEMENTS

Je remercie ceux qui m'ont aidé de leurs critiques et suggestions :
Avraham Milgram ; Bernardo Zeltzer ; Carlos Knapp, Flamarion Maués,
Flávio Aguiar, Venício Lima et Zilda Junqueira ; tout particulièrement, Dina Lida
Kinoshita, pour son aide dans l'emploi du yiddish de l'édition portugaise
et de la carte des rues de Varsovie, et Cláudio Cerri, pour son aide
dans le discours des Désemparés ; Ana Corbisier, pour l'édition française ;
ma femme Mutsuko, pour tout.

Glossaire

Les définitions et notes ci-dessous ont été établies par l'auteur, le traducteur et les éditeurs.

AI-5 : Acte institutionnel n° 5, cinquième d'une série de décrets émis par le régime militaire de 1964, promulgué en 1968 et resté en vigueur jusqu'en 1978 ; accordant des pouvoirs extraordinaires au président de la République et suspendant certaines garanties constitutionnelles, il marqua un durcissement de la dictature.

ALN : Action de libération nationale, un des principaux groupes de lutte armée contre la dictature militaire.

Anielewicz, Mordechaï : l'un des leaders du soulèvement du ghetto de Varsovie. Il périt lors des derniers jours du soulèvement.

Baleine (Baleia) : nom de la chienne qui accompagne la famille de migrants fuyant la sécheresse du Nordeste, dans le roman de Graciliano Ramos, *Vidas Secas* (1938) ; voir *Vies arides,* nouvelle trad. de Mathieu Dosse, Chandeigne, 2014.

Dibbouk : dans la mystique juive, le dibbouk est l'âme d'un défunt qui hante un vivant, généralement pour le tourmenter. Le mot vient de l'hébreu *devek*, qui signifie « colle ».

Dmowski, Roman : principal politicien de la droite polonaise pendant l'entre-deux guerres, antisémite et darwiniste social.

DOI-CODI : Détachement d'opérations internes – Centre d'opérations de défense interne, organe de renseignement et de répression en vigueur pendant la dictature militaire, subordonné à l'armée.

Dops : Département d'ordre politique et social, organe gouvernemental de contrôle et de répression des mouvements hostiles au pouvoir, en vigueur pendant la dictature militaire mais créé dans les années 1920.

Elbrick, Charles Burke : ambassadeur américain au Brésil, enlevé par des organisations de la lutte armée en 1969 et échangé contre la libération de prisonniers politiques.

Eretz Israël : « Terre d'Israël ».

Gaonim : chefs spirituels apparus durant l'exil à Babylone ; par extension, les plus sages d'entre les sages.

GTA : Groupe tactique armé, dédié à la guérilla urbaine parmi les différents fronts de l'ALN.

Haguibor : personne forte et intrépide ; héros, en hébreu.

Heder : école primaire religieuse des communautés juives d'Europe de l'Est. On y enseignait le Pentateuque (les cinq premiers livres de la Bible hébraïque).

INSS : Institut national de Sécurité sociale.

Kaddish : prière juive, notamment prononcée lors de l'enterrement par le fils aîné ou le parent le plus proche.

Khmielnitzki, Bogdan : il commanda la révolte des cosaques ukrainiens contre la domination polonaise, massacrant les Juifs à cette occasion.

Linke Poalei Tzion : littéralement Parti des travailleurs de sion de gauche, dissidence à la gauche du Poalei Tzion, parti sioniste d'orientation marxiste créé au début du xxe siècle en Europe de l'Est, après que le Bund, parti socialiste juif, eut rejeté le sionisme.

Marighella, Carlos (ou Mariga) : fondateur de l'ALN, mort en 1969.

Marszałkowska : dérive de « Maréchal » ; autre manière de rendre hommage à Pilsudsky.

Matzéva : pierre tombale posée généralement un an après l'enterrement.

Mekhutonim : terme yiddish d'origine hébraïque désignant pour une personne les parents de son gendre ou de sa bru.

Mouraviov-Vilensky, Mikhaïl : militaire russe qui réprima la rébellion polaco-lituanienne de 1863 en faisant pendre des centaines de personnes.

Mishné Torah : œuvre du rabbin et philosophe Moïse Maïmonide (1138-1204) qui approfondit l'interprétation des préceptes du Talmud.

OAB : ordre des avocats du Brésil.

Parti (Partidão) : le Parti communiste brésilien historique.

PM : police militaire, l'une des forces de police de l'État brésilien (sans lien structurel avec le régime militaire de 1964).

Prestes, Olga Benário : épouse du leader communiste Luís Carlos Prestes, extradée vers l'Allemagne nazie où elle fut assassinée dans un camp d'extermination.

Quadros, Jânio : président de la République de janvier à août 1961.

Schwein : insulte en allemand, qui signifie « porc ».

SNI : Service national d'informations ; créé en 1964 par le régime militaire, organisme d'espionnage et de contre-espionnage sur le territoire et à l'étranger.

Tahara : rite de lavage et de purification du corps avant son inhumation.

Talmud : monument littéraire et législatif compilé à partir de discussions de rabbins en terre sainte (Talmud de Jérusalem) et en Mésopotamie (Talmud de Babylone), à la fois commentaire de la Bible hébraïque et base de la loi religieuse.

Tisha Beav : littéralement, le neuvième jour du mois d'Av dans le calendrier hébraïque.

Torquemada, Tomás de : inquisiteur général des royaumes d'Aragon et Castille, qui commanda l'extermination des Juifs convertis, réalisant près de 1200 autodafés, bûchers sur lesquels étaient brûlés les « hérétiques ».

***Tzukunft* :** revue littéraire en yiddish publiée à New York. *Tzukunft* signifie l'« avenir ».

Vilna : capitale de la Lituanie (aujourd'hui Vilnius). Pendant l'occupation allemande, la population juive, le tiers de la population totale, fut confinée dans un ghetto, dans des conditions de sous-alimentation. La plupart furent exterminés dans des assassinats de masse perpétrés à Ponary, une clairière située une dizaine de kilomètres de la ville.

Volksdeutsche : minorités ethniques de langue allemande qui vivaient dans les pays d'Europe de l'Est.

VPR : Avant-garde populaire révolutionnaire, autre groupe révolutionnaire de lutte armée contre la dictature.

Włocławek : Petite ville de l'Ouest de la Pologne, où eut lieu le premier massacre de la population juive organisé par les troupes allemandes, pendant l'invasion de la Pologne.

Zohar : principal traité de la Kabbale avec des commentaires mystiques sur la Torah et l'origine de l'univers.

Table

« Pulsations » :
se faire l'écho des mutations du monde.

La collection « Pulsations » entend, à travers des œuvres de fiction venues de tous les horizons, se faire l'écho des changements sociaux, culturels, politiques et débats de notre monde. Tant ils sont nombreux, aux confins parfois proches du nôtre, ces univers dont nous ignorons la vie, la manière de penser, d'aimer, d'écrire. « Pulsations » s'ouvre à ces œuvres littéraires au regard inédit et aux voix parfois dérangeantes qui nous obligent à réviser nos opinions toutes faites, à sortir de nous-mêmes pour aller voir ce que dit l'autre. Pour dessiner avec lui ce qui se profile ailleurs et nous atteindra tôt ou tard.

Collection dirigée par Jean-Pierre Orban.

La couverture est imprimée sur un papier de création de pure cellulose Tintoretto gesso, la fausse couverture sur Sirio Color Bruno, tous deux fournis par les papeteries Fedrigoni et garantis sans chlore, au pH neutre et issus de forêts écologiquement gérées.
Le papier intérieur est issu de forêts écologiquement gérées.

Achevé d'imprimer sur les presses de
Yenooa, La Roque d'Anthéron, février 2016

Dépôt légal février 2016
Imprimé en France